Christina Erbertz

Freddy und der Wurm

Christina Erbertz

Freddy und der Wurm

Mit Illustrationen
von Maria Karipidou

BELTZ
& Gelberg

Christina Erbertz, geb. 1973, studierte Theater-, Film- und Fernsehwissenschaft in Bochum. Sie arbeitet als Drehbuchautorin (Sesamstraße, Beutolomäus, Löwenzahn) und lebt in Berlin.

Maria Karipidou studierte Visuelle Kommunikation an der Hochschule für Gestaltung in Pforzheim und Kommunikationsdesign mit Buchgestaltung in Trier. Sie arbeitet als Illustratorin für verschiedene Verlage im In- und Ausland.

Für Carola, Micha und Simon
C. E.

www.beltz.de

in der Verlagsgruppe Beltz · Weinheim Basel

Deutsche Originalausgabe
Neue Rechtschreibung
Umschlag: Maria Karipidou
Satz: Elisabeth Werner
Gesamtherstellung: Beltz Bad Langensalza GmbH, Bad Langensalza
Printed in Germany
ISBN 978-3-407-82030-3
1 2 3 4 5 17 16 15 14 13

Inhalt

Freddy kommt zu spät

Der Wurm saß so leicht auf seiner Schulter wie eine Fluse. Dabei war er lang, fast so lang wie Freddys Unterarm. Sein Kopf erinnerte an eine runde, matte Energiesparlampe, sein Körper sah mit den vier gelben, blauen, lila und roten Kugeln aus wie ein peinliches Babyspielzeug. Bloß die riesige Streberbrille auf dem Sparbirnenkopf passte nicht dazu. Sie hatte keine Gläser, und deshalb glaubte Freddy, der Wurm wolle nur auf schlau machen.

Der Wurm war doof, das war mal klar. Freddy konnte mit ihm nichts, aber auch gar nichts anfangen. Der Wurm glotzte nur blöde in der Gegend herum und redete kein Wort. Freddy wollte ihn loswerden, lange schon. Es klappte nur nicht.

Trotzdem unternahm er auf der Öhlmühlenstraße mal wieder einen Versuch. Er sprintete von null auf hundert los, beschleunigte auf tausend und stoppte ganz plötzlich auf null. Der Wurm blieb, wo er war und starrte Freddy stumpf an. Dann blinzelte er einmal, und zwar so langsam, dass Freddy ihm vor Wut am liebsten die Brillengläser zerdeppert hätte, wenn in der Brille Gläser gewesen wären. Der Wurm sah wieder nach vorn. Wohin genau, wusste Freddy nicht. Vielleicht war das Ding auf seiner Schulter auch kurzsichtig und brauchte wirklich Gläser.

»Die kannst du dir allein besorgen«, knurrte Freddy.

Er war auf den Wurm noch schlechter zu sprechen als sonst.

Dabei wäre das mit dem Wurm, der eines Morgens plötzlich auf seiner Schulter saß, halb so schlimm gewesen. Aber dann hatte Freddy angefangen, mit ihm zu reden. In der Schule, während einer Deutscharbeit. Er hatte gerade seine Einleitung fertig geschrieben, da schob sich der Wurm vor sein Gesicht und glotzte ihm direkt in die Augen. Freddy sah nichts mehr.

»Verzieh dich!«, befahl Freddy dem Wurm. In voller Lautstärke natürlich.

Die anderen Kinder und seine hübsche Klassenlehrerin Frau Tieks starrten Freddy verwundert an. Den Wurm sahen sie nicht, das wusste Freddy. Er versuchte, die Sparbirne trotzdem von seiner Schulter zu reißen, aber der Wurm schien, obwohl er ja leicht war wie eine Fluse, festgenagelt.

»Verzieh dich!«, brüllte Freddy wieder. »Oder ich hau dir deine Sparbirne ein!« Die anderen Kinder in seiner Klasse grölten. Freddy war der Klassenclown und alle mochten ihn. Aber irgendwann war es wohl nicht mehr lustig gewesen, weil Freddy nicht aufgehört hatte, nach der Luft auf seiner Schulter zu grapschen.

Dafür musste er heute zu seiner ersten Stunde bei einem Therapisten oder wie das hieß, einem Arzt für Kinder mit einem Knall. Oder mit einem Wurm. Freddy kicherte über den Vergleich. Dann schielte er zu seinem Wurm rüber und fragte sich, wer wohl verrückter war: ein Wurm mit einer Brille ohne Gläser, der nicht redete und einen Elfjährigen wie ihn im Unterricht störte, oder er, Freddy. Aber er war normal, das war mal klar.

Während Freddy über all das nachdachte, verlief er sich. Eigentlich sollte er nur die Öhlmühlenstraße geradeaus laufen, dann an der Eisdiele rechts ab, die Prießallee hoch und in die nächste Straße links rein, auch wenn das keine Straße, sondern ein Weg war, der Rußheider Weg.

»An der Eisdiele bin ich abgebogen«, versuchte Freddy logisch zu denken, was ihm seit Neuestem ziemlich schwerfiel. »Dann hab ich mich über den Wurm aufgeregt und …«

Er ging die Prießallee wieder zurück. Den Rußheider Weg hatte er vor lauter Aufregen bestimmt verpasst.

»Wegen dir komme ich zu spät«, schimpfte Freddy in Richtung seiner Schulter. Der Wurm sah gelangweilt in die andere Richtung. Freddy packte die Wut. Er wurde wirklich noch verrückt wegen dem Wurm.

»Sparbirnenarschgesicht!«, rief Freddy. Das war das einzig Gute am Wurm, man konnte ihn beschimpfen und er reagierte nicht.

»Brillenkackwurm!«, legte Freddy noch eins drauf, »Stummfischfurzer!«

Eine Mutter, die mit einem kleinen Mädchen an ihm vorbeilief, sah ihn böse an. Ihre Tochter blieb mit großen Augen vor Freddy stehen und sah bewundernd zu ihm hoch.

»Fuzfisch«, quiekte das Mädchen aufgeregt und strahlte von Freddy zu seiner Mutter. »Kackiwurm!«

So eine hätte Freddy gern als Schwester gehabt und ihr lustige Wörter beigebracht, aber das ging mit seiner Mutter natürlich nicht.

Die Mutter des Mädchens stöhnte auf und zog die Kleine weiter. Freddy sah den beiden nach, wie sie an der Eisdiele vorbeigingen.

Die Eisdiele!

Er war die Prießallee zu weit runtergelaufen.

Freddy drehte sich ruckartig um. Der Wurm

schwankte nicht einmal. Mürrisch marschierte Freddy die Prießallee wieder hoch.

»Erste Straße links«, betete er laut vor sich hin, um gar nicht erst ins Nachdenken zu geraten, »erste Straße links.« Da kam aber keine erste Straße links. Der Wurm blinzelte ihn langsam an. Freddy versuchte ein Lächeln. Der Wurm schaute weg. Zum Spaß kraulte Freddy ihn am Kinn. Oder wie nannte man das unter seinem Kopf? Sparbirnenwurmkopfunterbau?

In letzter Sekunde sah Freddy links die Straße, die hoffentlich ein Weg war. Er überprüfte, sehr gewissenhaft, wie er fand, das Straßenschild. Es war ein Weg, aber nicht der Rußheider, sondern der Ehlentruper Weg.

Jetzt war es Freddy klar: Die Wegbeschreibung stimmte nicht. Da konnte er lange suchen. Freddy überlegte, die Prießallee wieder zurückzugehen und sich ein Eis zu kaufen. Er hatte wirklich alles versucht.

Während er sich auf den Weg machte, dachte er darüber nach, was eine Gruppentherapie wohl genau bedeutete. Ob er da andere umarmen musste? Vielleicht nervige Mädchen. Oder noch schlimmer: hübsche. Oder am allerschlimmsten: hübsche und nette.

Sein Handy klingelte.

»Wir warten auf dich«, sagte ein Mann leicht keuchend ins Telefon.

»Die Wegbeschreibung stimmt nicht«, entgegnete Freddy.

»Wo bist du denn?«, fragte die Stimme. Sie klang ganz nett.

»Vor der Eisdiele.« Freddy bemerkte, während er redete, an der Schaufensterscheibe eine Werbung für einen Karamellbecher spezial mit extradicken Karamellstückchen. Den würde er jetzt viel lieber löffeln, als fremde Kinder zu umarmen.

»Dann treffen wir uns da.« Die Keuch-Stimme legte auf.

Freddy sah den Wurm entgeistert an. »Vielleicht essen die Eis bei Gruppentherapien«, überlegte er. Den Wurm schien das nicht zu interessieren. Er aß aber auch nie irgendwas.

Fünf Minuten später waren sie da: die keuchende Stimme, die einem ungeheuer dicken, schwer atmenden Mann zwischen dreißig und fünfzig gehörte, und ein dünnes, großes Mädchen. Ihre aschblonden Haare hatte sie an beiden Seiten ihres Kopfes zu zwei komischen Kringeln geflochten.

Die sieht aus wie ihre eigene Oma, dachte Freddy mit Blick auf das gleichaltrige und ganz in Grau gekleidete Mädchen.

Er kannte sie.

Die Graue war eine Klasse über ihm. In der Pause

stand sie immer allein auf dem Schulhof und zog ihre Augen zu Schlitzen zusammen, wenn jemand sie anguckte.

Der Therapist gab Freddy die Hand und lächelte.

»Ich bin Herr Schulze-Kiefer«, stellte sich der dicke Mann nach Luft schnappend vor.

Freddy lächelte zurück und sah dann zu der Grauen,

die ihn finster anstierte. Freddys Miene verdunkelte sich ebenfalls.

Herr Schulze-Kiefer lachte. «Eine Umarmung muss es ja nicht gleich …«

Noch bevor er den Satz beenden konnte, fiel Freddy der Grauen um den Hals. Er hatte Umarmung gehört und wollte es schnell hinter sich bringen. Das Mädchen zuckte erschrocken zusammen und rührte sich dann keinen Millimeter mehr.

Herr Schulze-Kiefer kicherte keuchend.

»Freddy, das ist Ira. Ihr beide macht zusammen die Gruppentherapie.«

Freddy war knallrot im Gesicht. Er schielte zur Seite. Der Wurm starrte die Graue neugierig an. Freddy dachte, dass ihm hübsche und nette Mädchen doch lieber gewesen wären.

Notfalls mit Umarmen.

»Unsere Stunde ist in fünf Minuten um«, hechelte Herr Schulze-Kiefer.

»Ach!«, war Freddy erleichtert.

Ira sah den Therapisten ernst an. »Rein rechtlich sind Freddys Eltern dafür verantwortlich, dass er rechtzeitig zu Ihnen kommt. Sie haben ihre Aufsichtspflicht verletzt.«

Dagegen wirkte sein Wurm richtig nett, fand Freddy, der wegen seiner Mutter allein zur Therapie kommen musste. Sie konnte ihn schon seit Monaten nirgendwo mehr hinbegleiten.

Sauer musterte Freddy die komische Flechtfrisur der Grauen. In deren Kopf kringelte es sich drinnen wie draußen.

»Sie sollten den Eltern mitteilen, dass sie ihren Sohn in Zukunft zur Therapie bringen müssen«, faselte die Graue weiter. »Meine Mutter hat mich ja auch zu Ihnen gefahren.«

Wenn das so einfach wäre, dachte Freddy. Herr Schulze-Kiefer winkte zum Glück bloß ab. Er war immer noch damit beschäftigt, nach Luft zu schnappen.

Freddy fiel ein, dass er noch fürs Wochenende einkaufen musste, auch wenn sein Vater schon wieder nicht kommen würde. Er war Tontechniker und mit Bands in der ganzen Welt unterwegs. Freddy fand das beknackt. Die Sache mit seiner verdrehten Mutter wuchs ihm langsam über den Kopf.

Das mit dem Einkaufen und seinem Vater und seiner Mutter wollte er Herrn Schulze-Kiefer aber nicht sagen. Lügen wollte er genauso wenig.

»Ich muss einkaufen«, erklärte er. »Mein Wurm braucht Wurmfutter«, fügte er kichernd hinzu. Das war nicht gelogen, sondern ein Witz. Herr

Schulze-Kiefer lachte aber nicht, sondern nickte verständnisvoll.

»Was für einen Wurm meint er?«, fragte Ira den Therapisten ernst. »Würmer sind rein rechtlich keine Haustiere, sondern Ungeziefer«, quasselte sie, ohne Freddy auch nur anzusehen. »In einer Mietwohnung darf man die nicht so ohne Weiteres halten. Da muss er erst den Vermieter fragen. Wohnt er denn in einer Mietwohnung, und wenn ja: Hat er den Vermieter wegen des Wurmes gefragt?«

Freddy wurde es zu bunt. Außerdem waren die fünf Minuten um.

»Ich muss dann«, sagte er, winkte Herrn Schulze-Kiefer kurz zu und ging wieder die Prießallee hoch.

»Bis nächste Woche«, rief ihm Herr Schulze-Kiefer freundlich hinterher. Die Graue mit den Haarkringeln sagte nichts. Im Weggehen hört er noch, wie der Therapist dem Mädchen erklärte, dass Freddy einen Wurm auf seiner Schulter habe. »Den Wurm sieht nur Freddy«, sagte er. »Was aber nicht bedeutet, dass er nicht da ist.«

»Mit so einem Verrückten will ich nicht in die Gruppe«, beschwerte sich Ira. »Ich werde Widerspruch bei meiner Krankenkasse einlegen.«

Dann konnte Freddy sie nicht mehr hören. Er war froh darüber.

Auf dem Weg zum Supermarkt entdeckte er den Rußheider Weg. Er sah aus wie eine Ausfahrt. Immerhin wusste er jetzt fürs nächste Mal Bescheid. Obwohl er gern wieder zu spät kommen würde, denn auf diese Ira hatte er keine Lust. Aber er wollte auch nicht, dass seine Mutter ihre Aufsichtspflicht verletzte. Das hörte sich nach Ärger an.

»Dann komm eben pünktlich, Mann«, hörte er eine gelangweilte Stimme.

Der Wurm hatte mit ihm gesprochen, das war mal klar.

Ira weiß, was gerecht ist

Ira begann einen Brief an ihre Krankenkasse zu schreiben. Sie legte Widerspruch ein. Sie wollte nicht mit einem Spinner und dessen unsichtbarem Wurm in einer Gruppe sein. Ihr fiel aber nichts ein, was rein rechtlich überzeugend war.

Während sie so nachdachte, sah sie sich selbst in einem Gerichtssaal. Sie hatte eine lange, schwarze Robe an, ihre Haare waren offen und sie machte beim Reden ausholende Bewegungen mit Händen und Armen. Sie erklärte, dass eine Gruppentherapie mit zwei Kindern unmöglich sei. Eine Gruppe bestehe rein rechtlich mindestens aus drei Personen.

»Ein Formfehler«, sagte sie milde lächelnd. »Ich beantrage also eine Gruppe ohne den Wurmjungen.« Sie geriet ins Stocken. Eigentlich wollte sie ja auch keine anderen Jungen oder Mädchen. »Eben gar keine Gruppe«, fuhr sie fort, »sondern Einzeldings…« Wie nannte man das? »Einzeltherapie. Ich beantrage Einzeltherapie.«

Das war es! Rein rechtlich sehr überzeugend, fand sie.

Ihre Mutter rief zum Essen. Auf dem Weg in die Küche dachte Ira daran, wie unwohl sie sich allein mit Herrn Schulze-Kiefer gefühlt hatte, als sie auf den Wurmjungen warteten. Der Therapeut wollte wissen, was die drei Mädels in der Schule mit ihr anstellten. Ira berichtete vom Haareziehen. Dass die drei Mädels ihr erst gestern im Unterricht ihre Hände am Stuhl festgebunden hatten, verriet sie nicht.

Herr Schulze-Kiefer wollte wissen, was Ira glaube, warum die Mädchen sie ärgerten.

»Eine Anwältin vermutet nicht«, antwortete Ira kühl. »Sie weiß entweder etwas oder nicht.«

Und sie wusste nichts. Sie sprach nicht mit den Mädels. Sie sprach mit überhaupt keinen Kindern mehr. Deswegen musste sie ja zur Therapie. Weil ihre Eltern das nicht normal fanden. Weil es ihnen vor ihren vielen Verwandten, die zum Glück alle weit weg wohnten, peinlich war. Aber irgendwie musste Ira sich doch wehren. Immerhin waren die drei Mädels eine Gruppe und sie war allein.

Am Tisch, als Ira ihre ganz in Grau gekleideten Eltern ansah, überlegte sie, wie viele Grautöne es wohl gab. Ihre Eltern waren schon alt und hatten sogar graue

Haare. Sie redeten nicht viel, waren aber nett. Zu nett, fand Ira und aß ihre Ucha. Die Fischsuppe schmeckte, ihre Mutter kochte gut und »voll von Liebe«, wie sie gern erklärte. Sie sprach wie viele ältere Russlanddeutsche furchtbar altmodisch, das fand Ira zumindest. Auch das »r« rollte ihre Mutter immer, als sei sie noch in Russland. Iras Vater sagte, sie sprächen eben ihr eigenes Deutsch. Ira sprach richtig, sie war schließlich hier geboren.

Auf einmal klingelte es an der Tür. Die neue Nachbarin, eine Frau mit blondierten Haaren und gelblich getönten Brillengläsern, zeigte mit einem gekünstelten Lächeln ihre Zähne. Die Zähne waren auch gelb.

Die Eltern baten die Nachbarin in die Küche.

»Normalerweise mache ich so was nicht«, sagte die Frau und lächelte weiter. »Aber aus ihrer Tür stinkt's immer nach Kohl und was weiß ich raus, da dreht sich einem alles um.«

›Alles‹ fand Ira ungenau. Wahrscheinlich meinte die Nachbarin ihren Magen. Die Eintöpfe ihrer Mutter waren wirklich nichts für schwache Mägen.

»Entschuldigen Sie«, sagte Iras Mutter.

»Entschuldigen Sie recht vielmals«, sagte ihr Vater.

»Rauchen Sie?«, fragte Ira. Die Frau roch selber komisch.

Die Nachbarin ging nicht darauf ein. »Keinen einzigen Bissen krieg ich bei dem Gestank runter!« Sie zeigte weiter ihre gelben Zähne.

»Ich koche zukünftig mit dem geöffneten Fenster«, versprach ihre Mutter und wollte die Ucha gleich in Tupperdosen packen. Ira schnappte sich die Suppenkelle und nahm noch einen Nachschlag.

»Es gibt kein Gesetz, das Gerüche verbietet«, erklärte sie dabei so kühl wie möglich. Ihre Stimme zitterte leicht.

Iras Eltern schielten nervös zwischen ihr und der Nachbarin hin und her. Die Nachbarin hörte auf, ihre Zähne zu zeigen. Stattdessen wurde sie laut: »Ich kann auch das Ordnungsamt rufen und dann gibt's 'nen Scheißärger! Kapiert?!«

Iras Augen verengten sich zu schmalen Schlitzen. So lief sie immer in der Schule herum und hielt damit die anderen Kinder von sich fern. Alle, bis auf die drei Mädels.

»Wenn überhaupt, dann könnten WIR das Ordnungsamt rufen«, zischte Ira. Sie stellte sich wieder vor, sie hätte eine schwarze Robe an, und gestikulierte wild mit ihren Händen. »Sie sind gegen unseren Willen hier. Das ist Hausfriedensbruch Paragraf 123 nach Strafgesetzbuch.«

Zum Glück hatte sie das Strafgesetzbuch erst letzte Woche wieder gelesen. Zum siebten Mal.

Die Nachbarin ging, ohne ein weiteres Wort zu sagen, das heißt, wenn man »Russenpack« nicht als Wort zählt. Im Duden stand es jedenfalls nicht. Das hatte Ira schon überprüft.

Sie sah zu ihren Eltern. Ihr Vater und ihre Mutter schienen sich für sie zu schämen.

»War es eine gute Therapie bei dem dicken, freundlichen Mann?«, erkundigte sich ihre Mutter zaghaft.

Der Vater musterte Ira, als hoffe er auf ein Wunder. Iras Herz pochte schneller vor Wut. Sie war doch nicht verrückt, weil sie versuchte, sich zu wehren.

»War es eine gute Therapie, mein Vögelchen?«, wiederholte ihre Mutter und lächelte lieb.

Ira überlegte, auch mit Erwachsenen nicht mehr zu reden.

»Du bist ein recht merkwürdiges Mädchen«, sagte ihr Vater und streichelte ihr Haar.

Als Ira nach dem Essen in ihr Zimmer zurückkehrte, wollte sie gleich das Strafgesetzbuch aus ihrem überfüllten Bücherregal ziehen, um es noch einmal zu lesen. Es war offensichtlich zu vielem zu gebrauchen. Dann überlegte sie es sich anders und nahm ihr Biologiebuch vom Schreibtisch. Sie blätterte darin herum und fand etwas über Würmer. ›Würmer können nahezu überall leben‹, stand da.

»Aber nicht auf der Schulter von einem Verrückten«, murmelte Ira und knallte das Buch zu.

Sie mochte den Wurmjungen nicht. Er war hübsch, witzig und cool und würde sie bestimmt ärgern. Sie kannte diese Sorte Kinder.

Ira schrieb den Brief an die Krankenkasse zu Ende und steckte ihn in einen Umschlag. Da fiel ihr ein, dass sie noch nicht 18 Jahre alt war. Ihre Eltern mussten rein rechtlich unterschreiben. Sie ging mit dem Brief zur Tür, überlegte es sich wieder anders und zerriss ihn.

Ihre Eltern würden sie nur wieder für verrückt halten. Und selbst wenn sie unterschrieben, würden sie dabei traurig gucken.

Den Wurmjungen würde sie schon anders loswerden.

Eine Schule ohne Klassenarbeiten

Freddy ging den Flur auf und ab. Er war mal wieder aus Nawi, aus Naturwissenschaften, geflogen. Dabei hatte er nur versucht, seinen Wurm wieder zum Sprechen zu bringen. Und das, ohne sein Experiment zu unterbrechen!

Der Nawi-Referendar machte immer irgendwelche komischen Versuche, am liebsten in Chemie. Diesmal sollten alle lilafarbenes Natrium über eine Wasseroberfläche flitzen lassen. Warum, wusste Freddy nicht. Bei ihm flitzte auch nichts, dafür brannte es ein bisschen und stank.

»Hast du einen fahren lassen?«, fragte Freddy den Wurm. Wie immer verzog die Sparbirne keine Miene. Seine Mitschüler kicherten, als Freddy mit seiner Schulter sprach, und noch mehr, als sein Natriumgemisch explodierte.

»Raus!«, keifte der Referendar, der aussah wie fünfzehn, weshalb ihn alle nur Svennie nannten. Er hatte schwache Nerven, das wusste jeder.

Auf dem Flur war es sterbenslangweilig.

Freddy versuchte, den Wurm zu erschrecken. Er tat so, als wollte er ihm mit seinem Kopf eins überziehen. Dabei holte er seitlich aus und knallte mit Karacho gegen den Wurm oder vielmehr gegen die Wand, denn die Sparbirne duckte ihre Rübe genau im richtigen Moment weg.

Baff!, hallte es durch den Flur. Freddy hatte sich selbst eins übergebraten.

»Sparbirnenblödi«, schimpfte Freddy laut. Er war eher enttäuscht als wütend. Seit der Sache auf der Prießallee hatte der Wurm nichts mehr gesagt.

Da ging eine Tür auf. Seine hübsche Klassenlehrerin Frau Tieks mit den schönen blaugrünen Augen und der noch schöneren langen Nase, die gerade in einer anderen Klasse Unterricht hatte, sah ihn seufzend an.

»Hast du wieder mit deinem Wurm gesprochen?«, fragte sie. Ihre blonden Haare hatte sie heute in der Mitte gescheitelt.

Freddy lächelte, unwiderstehlich, wie er fand.

»Geh ins Lehrerzimmer«, forderte die Lehrerin ihn auf, »und hol dir eine Aufgabe. Okay?« Sie zwinkerte Freddy zu und ging in den Klassenraum zurück. Freddy starrte auf die Tür, durch die Frau Tieks geradezu hindurchgeschwebt war. Er beschloss, unverzüglich zu gehorchen.

Obwohl die Tür zum Lehrerzimmer geschlossen war, drang ein unangenehmer Geruch in den Flur: Rauch! Freddy schüttelte empört den Kopf. Selbst die Volljährigen aus der Oberstufe durften nicht qualmen, schließlich war seine Schule eine rauchfreie Schule. Er öffnete die Tür einen Spaltbreit, um die Lehrer auf frischer Tat zu ertappen. Am besten Dr. Zogel, den Schuldirektor. Dr. Zogel hatte seiner Klassenlehrerin gesagt, dass sich Freddy den Wurm ausgedacht habe, weil er Aufmerksamkeit brauche. Freddy fand das fies. Wenn der mal so einen übellaunigen Wurm auf der Schulter gehabt hätte!

Er schielte durch den Türspalt ins Lehrerzimmer.

Da rauchte gar keiner. Stattdessen standen bestimmt zehn Lehrer um einen der Tische herum. Auf dem Tisch lag ein riesiger Haufen roter DIN-A4-Hefte, so viele hatte Freddy noch nie auf einmal gesehen.

Die Lehrer redeten aufgeregt durcheinander. Wie die Mädchen in der Pause. Freddy öffnete die Tür etwas weiter. Die Lehrer kriegten sowieso nichts mit.

»Das gibt es nicht«, sagte Dr. Zogel.

»Nein«, sagte ein anderer Lehrer.

»Wirklich nicht«, sagte eine Lehrerin.

»Das gibt's doch nicht«, sagte wieder eine andere Lehrerin.

»WAS gibt es nicht?«, brüllte der Wurm genervt.

»Weiß ich doch nicht!«, brüllte Freddy zurück.

Alle drehten sich zur Tür um. Freddy lächelte, so unschuldig er konnte.

»Was willst du hier?«, fauchte Herr Jobeke, der stellvertretende Schuldirektor. Er war ein Fiesling, der mit seinem langen Hals und dem kleinen Kopf darauf aussah wie ein Frettchen. Alle hatten Angst vor ihm, sogar die Lehrer. Es ging das Gerücht um, dass er persönlich bei ihnen vorbeifuhr, wenn sie sich krankgemeldet hatten. Um zu überprüfen, ob sie auch wirklich krank waren.

Dr. Zogel und die anderen Lehrer stellten sich schnell vor den Heftehaufen auf dem Tisch.

»Frau Tieks hat gesagt, ich soll mir eine Aufgabe holen«, antwortete Freddy auf Jobekes Frage.

»Hast du wieder im Unterricht mit deinem Wurm gesprochen?« Dr. Zogel redete mit Kindern immer so, als würde er ihnen eine Matheaufgabe diktieren.

»Ja. Könnten Sie bitte kurz seine Frage beantworten?«

»Welche Frage?«

»Mein Wurm hat gefragt, WAS es nicht gibt.« Freddy zeigte in Richtung Tisch. Manchmal war Angriff die beste Verteidigung, und er wollte wirklich unbedingt wissen, was es hier nicht gab und was die vielen Hefte auf dem Tisch damit zu tun hatten.

Ohne zu antworten, führte Dr. Zogel Freddy zurück auf den Flur.

»Geh schon nach Hause«, sagte er ganz nett. Dann fragte er sogar: »Was macht die Therapie?«

»Was soll die machen?« Freddy fand die Frage blöd. Außerdem wollte er nicht sagen, dass er gleich beim ersten Mal vierzig Minuten zu spät gekommen war.

»Nun gut«, sagte Dr. Zogel. Er wirkte etwas neben der Spur. »Deine Mutter sollte übrigens bitte einmal wieder in die Elternsprechstunde kommen«, fügte der Schuldirektor noch hinzu, als sie am Haupteingang ankamen. Dann ging er zurück, ohne sich zu verabschieden.

»Auf Wiedersehen«, rief Freddy ihm nach. Er wusste, was sich gehörte, vor allem, wenn es andere nicht wussten.

Freddy beschloss, nicht direkt nach Hause zu gehen, sondern noch einmal um die Schule herumzulaufen. Er sah gern in andere Klassenzimmer hinein. Das war wie Kino. Sein Wurm guckte mit, natürlich ohne etwas zu sagen.

»Quasselstrippe«, ärgerte ihn Freddy.

In einem Klassenzimmer saß die Graue. Sie hatte ihre Haare wieder in zwei geflochtenen Kringeln am Kopf stecken. Sie sahen aus wie zwei Schnecken. Ein

Mädchen mit vielen bunten Armbändern versuchte gerade, der Grauen ein benutztes Taschentuch in eine der Haarschnecken zu stopfen. Ihre Nachbarin bekam einen lautlosen Lachanfall. Freddy kannte sie. Franziska wollte neulich mit ihm gehen, obwohl sie ein ganzes Jahr älter war als er, also schon zwölf. Ein drittes, kräftiges Mädchen, das neben der Grauen saß, grinste stumm vor sich hin.

Die Graue nahm das Taschentuch mit zusammengepressten Lippen aus ihrem Haar. Das Mädchen mit den Armbändern stopfte ein anderes hinein.

So ging es ein paarmal hin und her.

Der Lehrer – Freddy kannte ihn, es war der Jünnemann – bekam nichts mit. Er hörte gerade einem Jungen zu, der aus seinem Heft vorlas. Freddy hatte gehört, dass der Jünnemann ziemlich cool war. Samstags zeigte er Filme, und wer wollte, durfte dabei sogar Kaugummi kauen.

Die Graue gab auf und ließ das Taschentuch, wo es war, nämlich in ihrer Haarschnecke. Sie bewegte sich keinen Zentimeter mehr und sah stur nach vorn.

Plötzlich war Freddys Schulter nass. Er sah zur Seite. Tränen liefen dem Wurm über das Gesicht. Das fand Freddy zwar übertrieben, doch zum ersten Mal mochte er den Wurm. Vielleicht sollte er der Grauen helfen. Vielleicht würde der Wurm dann wieder mit ihm reden. Er schien die Graue zu mögen.

Freddy ging wieder in die Schule hinein. Seinen Rucksack ließ er im Flur stehen. Nichts sollte ihn behindern bei seiner guten Tat.

Er öffnete mit Karacho das Klassenzimmer. Es war das falsche. Freddy entschuldigte sich, ging zur nächsten Tür und riss sie schwungvoll auf. Die Kinder in der Klasse glotzten ihn mit großen Augen an. Der Junge hörte auf zu lesen. Die Graue starrte weiter reglos nach vorn. Das Taschentuch steckte noch immer in ihrer Haarschnecke.

»Was gibt's?«, wunderte sich der Jünnemann.

Freddy ging zu Ira und nahm das Taschentuch aus ihren Haaren. Dann stopfte er es dem Mädchen mit den Armbändern von hinten ins Shirt. Es war schließlich ihre Rotzfahne. Das nahm Freddy zumindest an.

»Spinnst du?«, kreischte das Armbänder-Mädchen.

»Und wie der spinnt«, quiekte Franziska, die Sitznachbarin des Armbänder-Mädchens. »Das ist der Typ mit dem Wurm auf der Schulter.«

»Hey, Hey.« Der Jünnemann legte Freddy kumpelhaft eine Hand auf die Schulter. Er hatte gelbe Fingernägel. Raucher, dachte Freddy.

»Was ist'n los?«, erkundigte sich der Jünnemann.

»Sie haben Ihre Aufsichtspflicht verletzt«, sagte Freddy und grinste die Graue an, auch wenn die gar nicht zu ihm sah. »Deswegen bin ich mal kurz eingesprungen.«

Er schlenderte ganz locker zur Tür. Dort drehte er sich noch einmal um. In Filmen kam das immer gut, wenn man an der Tür noch eins draufsetzte.

»Und wenn ich muss, komme ich wieder«, erklärte er bedrohlich in Richtung des Armbänder-Mädchens.

Die wollte gerade ihr Taschentuch nach ihm werfen, ließ es dann aber bleiben.

Die Graue schaute kurz hoch. Sie verzog keine Miene. Egal, sie konnte sich ja ein anderes Mal bedanken.

Freddy ging aus dem Klassenzimmer und schloss leise die Tür hinter sich. Dann nahm er seinen Rucksack und marschierte nach Hause. Der Wurm lächelte ihn eine Zehntelsekunde lang an. Freddy war so glücklich wie lange nicht.

Zu Hause machte seine Mutter ihm Schillerlocken. Er hatte sie zwar selbst gekauft, zur Feier des Tages, aber sie baute ein Boot daraus mit einem Männchen aus Karotten und Radieschen. So, als wäre er fünf Jahre alt.

»Ich habe heute einer doofen Kuh ein vollgerotztes Taschentuch unters T-Shirt gestopft.« Er log nicht gern und Sachen verschweigen konnte er auch nicht.

Seine Mutter nickte. Sie war mit ihren Gedanken woanders. Wie Dr. Zogel in der Schule heute.

»Vielleicht gehe ich morgen mal selber einkaufen.« Sie guckte dabei, als wäre morgen Weihnachten.

Freddys gute Laune kriegte einen Knacks. Seine Mutter sagte das mit dem Einkaufen fast jeden Tag. Und dann machte sie an der Haustür sowieso wieder kehrt. Seit Monaten ging das so. Sie ging nicht mehr raus.

Seine Mutter merkte das mit dem Knacks in seiner Laune. Sie lächelte Freddy an und tat so, als wollte sie seinem Wurm ein Stück Schillerlocke geben.

Der Wurm schnappte auch danach, wahrscheinlich aus Neugier, doch dann zog seine Mutter die Hand weg. Sie sah ihn ja nicht. Der Wurm baute sich vor ihrem Gesicht auf und starrte sie durch seine Brille ohne Gläser böse an.

Freddy musste kichern. Seine Mutter kicherte mit. Sie dachte, Freddy würde über ihren Witz lachen. Sie beide bekamen einen richtigen Lachanfall.

Der Wurm stöhnte und schüttelte den Kopf. Freddys Mutter räumte vor sich hinsummend den Tisch ab. Sie hatte eine schöne Stimme. Sie war Sängerin im Opernchor der Stadt, aber im Moment beurlaubt.

Freddy beschloss, schnell seine Hausaufgaben zu machen und später nach draußen zu gehen. Notfalls auch allein, denn seit der Sache mit dem Wurm mieden ihn seine Kumpels.

Er hievte den Rucksack auf seinen Schoß und fragte sich, warum der heute eigentlich so schwer war. Als er ihn öffnete, entdeckte er ungefähr zehn DIN-A4-Hefte mit rotem Umschlag. Er nahm eines heraus. Es war eine Englischarbeit, wahrscheinlich von den Großen.

Drinnen hatte ein Lehrer mit rotem Stift reingekritzelt. Viel konnte man davon allerdings nicht lesen: In der Mitte des Heftes klaffte ein riesiges Loch, mindestens so groß wie eine Müslischüssel. Irgendjemand hatte es dort hineingebrannt. Ob die vielen DIN-A4-Hefte auf dem Tisch im Lehrerzimmer auch so aussahen?

Erschrocken sah Freddy seinen Wurm an. Wenn jemand mitkriegte, dass er diese angekokelten Hefte in seinem Ranzen hatte! Der würde denken, dass er, Freddy, was damit zu tun hätte. Das war mal klar!

»Wir sitzen in der Patsche«, sagte der Wurm.

»Aber so was von in der Patsche«, antwortete Freddy leise.

Herr Schulze-Kiefer tappt im Dunkeln

Herr Schulze-Kiefer hatte einen merkwürdigen Auftrag vom nahe gelegenen Gymnasium erhalten. In unzählige Klassenarbeiten war vor den Ferien ein Loch eingebrannt worden. Keine Arbeit konnte bewertet werden.

Die Polizei hatte der Schuldirektor noch nicht eingeschaltet. Dr. Zogel, der mit seiner Frau neben dem Therapeuten wohnte, wollte erst einmal die Meinung eines Psychologen in dieser Angelegenheit hören. Der Direktor hatte ihm persönlich eine Klassenarbeit samt Loch rübergebracht. Nachbar Zogel war in großer Sorge, denn das Gymnasium war sein Ein und Alles. Herr Schulze-Kiefer half ihm gern. Er hatte früher zur Polizei gehen und Verbrecher jagen wollen. Aber wegen seiner Schilddrüse, die nicht das machte, was sie sollte, war er so dick wie ein japanischer Sumo-Ringer. Nur nicht so stark. Die Polizei hatte ihn nicht einmal zum Test eingeladen.

Der Therapeut überlegte: Für wen wäre es denn gut, wenn die Arbeiten nicht benotet werden konnten? Für einen Schüler, der kurz vorm Sitzenbleiben stand! Und dieser Sitzenbleiber konnte ja schlecht nur sein eigenes Heft unleserlich machen. Um die Spur nicht auf sich zu lenken, vernichtete er alle Hefte. Schlau.

Er griff zum Telefon. Dr. Zogel sollte ihm eine Liste aller Schüler geben, die auf der Kippe standen. Oder war das zu einfach gedacht? Herr Schulze-Kiefer legte den Hörer wieder zurück. Er nahm ein paar Erdbeeren aus seiner Obstschale und versuchte, sich in die Person, die Löcher in Hefte brannte, hineinzuversetzen. So machten das die Psychologen bei der Polizei, wenn sie Verbrecher jagten. Sie stiegen in die Seele der Menschen ein. Als Kindertherapeut machte er nichts anderes.

Es klingelte. Herr Schulze-Kiefer warf die letzte Erdbeere in seinen Mund, erhob sich schwerfällig von seinem Schreibtischstuhl und ging langsam zur Tür. Schon die wenigen Schritte brachten ihn außer Atem.

Er öffnete und sah Ira die Treppe zu ihm heraufstaksen. Sie gefiel ihm. Die kleine Anwältin hatte Mut und wehrte sich auf ihre Weise.

»Hallo Ira«, begrüßte er sie lächelnd.

»Guten Tag, Herr Schulze-Kiefer.« Ira reichte ihm

brav die Hand. Fehlte nur noch der Knicks, dachte Herr Schulze-Kiefer. Er zeigte auf einen Stuhl.

»Möchtest du dich setzen?«

Ira nickte und setzte sich, um sich dann umständlich aus ihrer grauen Sommerjacke herauszuschälen. Sie trug eine graue Bluse über einem braun-grau gestreiften, knielangen Rock. Herr Schulze-Kiefer ließ sie an ihrer Jacke herumfummeln und setzte sich ihr gegenüber. Er hatte wieder zugenommen, er passte kaum noch zwischen die Stuhllehnen.

»Wie war dein Tag?«, begann er.

»Ganz gut«, antwortete Ira. Es klang nicht überzeugend, aber Herr Schulze-Kiefer hakte nicht nach. Er ging die Dinge gern langsam an.

»Na, was denkst du: Wie lange?«

»Wie lange was?« Ira starrte ihn entgeistert an.

»Wie lange müssen wir heute auf Freddy warten?«

Ira lächelte. Sie schien erleichtert zu sein, erst mal nicht über sich sprechen zu müssen. Was ihr wohl heute wieder in der Schule passiert war?

»18 Minuten«, riet das Mädchen.

Die Türklingel unterbrach ihr Gespräch. Freddy war fast pünktlich. Herr Schulze-Kiefer erhob sich und nahm dabei seinen Stuhl mit. Ira kicherte, auch wenn sie versuchte, es zu unterdrücken. Herr Schulze-Kiefer seufzte nur und stemmte sich mit beiden Händen aus dem Stuhl heraus. Der löste sich von seinen mächtigen Oberschenkeln und knallte auf den Boden.

»Dabei esse ich praktisch nur Erdbeeren«, erklärte der Therapeut. Ira sah ihn ungläubig an. Den Blick kannte er.

Herr Schulze-Kiefer ging zur Tür und öffnete. Freddy raste die Treppe hoch und auf ihn zu.

»Verletzen ein paar Minuten schon die Aufsichtspflicht meiner Mutter?«, fragte er atemlos.

»Nein. Mach langsam, Junge«, beruhigte ihn Herr Schulze-Kiefer. »Zieh deine Jacke aus und setz dich.«

Freddy nickte. Sein Blick fiel auf Ira und er lächelte breit. Doch dann gefror sein Lächeln. Ira guckte so düster, dass sogar dem Therapeuten etwas mulmig wurde. Missmutig zog Freddy seine leichte, rot-weiß karierte Jacke aus, warf sie über die Stuhllehne und setzte sich.

Dann schwiegen alle.

Herr Schulze-Kiefer zwängte sich erneut zwischen die Lehnen seines Stuhls. Der Stuhl knarzte, dann herrschte wieder Stille im Raum. Der Therapeut wusste nicht so recht, wie er beginnen sollte. Das fiel ihm immer schwer, wenn es starke Spannungen gab. Und dass die zwei Kinder sich nicht mochten, war offensichtlich.

»Diesmal wollt ihr euch wohl nicht umarmen«, stellte er ein bisschen hilflos fest.

»Nein«, sagte Ira.

»Nein«, sagte Freddy.

Herr Schulze-Kiefer langte, ohne es selber zu merken, nach einer Erdbeere. Er musste mit etwas anderem anfangen. Aber womit? Er überlegte. Und überlegte. Und …

»Mann!«, schimpfte Freddy aufgebracht und blickte in Richtung seiner Schulter. »Die könnte sich wenigstens mal bedanken, oder? Ah, klar, Sparbirne, du stehst ja auf sie!«

»Der redet mit seinem Wurm!«, empörte sich Ira. »Herr Schulze-Kiefer, zwei sind keine Gruppe«, erläuterte sie dann streng. »Ich und der Wurmjunge können rein rechtlich überhaupt keine Gruppentherapie absolvieren.«

»Was schlägst du vor?«, fragte Herr Schulze-Kiefer neugierig.

»Ich könnte allein zu Ihnen kommen. Und der Wurmjunge auch.«

»Ich heiße Freddy!«, beschwerte sich der Junge.

Ira zog ihre Augen zu winzigen Schlitzen zusammen.

»Hey, Graue, ich rede mit dir!«, brüllte Freddy.

»Ira redet nicht mit Kindern«, erklärte der Therapeut eilig.

»Ach so.« Freddy klang erleichtert. »Mit gar keinen Kindern?«

Herr Schulze-Kiefer schüttelte den Kopf.

Wieder herrschte Schweigen im Raum.

»Wofür sollst du dich bei Freddy bedanken?«, wollte Herr Schulze-Kiefer schließlich von Ira wissen. Das Mädchen antwortete nicht. Sie senkte ihren Kopf so tief, dass man nur noch die Haarschnecken sehen konnte.

Der Therapeut schielte fragend zu Freddy. Der grinste frech.

»Reden ist Silber, Schweigen ist Gold und Petzen ist Blech.«

Ein Lächeln huschte über Iras Gesicht. Den Moment musste Herr Schulze-Kiefer nutzen. Er musste etwas finden, was beide Kinder verbinden könnte. Eine gemeinsame Aufgabe vielleicht. Da hatte er plötzlich eine Idee. Aber durfte er das?

»Ihr dürft das niemandem sagen«, begann er, und das nicht nur, weil ihm nichts anderes einfiel. Er hielt es durchaus für möglich, dass die schlaue Ira und der mutige Freddy den Fall lösen konnten. »Euer Schuldirektor hat mit mir geredet«, fuhr er fort.

Die Augen seiner beiden Patienten weiteten sich vor Schreck. Herr Schulze-Kiefer wedelte abwehrend mit einer Hand. »Nein, nein, nicht wegen euch. Wegen eines …« Er macht eine kurze Pause und sagte dann leise: »Falles.«

Iras Augen wurden augenblicklich riesengroß.

»Ein rechtlicher Fall?« Sie verschluckte sich vor Aufregung beim Sprechen.

»Könnte einer werden«, antwortete Herr Schulze-Kiefer geheimnisvoll.

»Wenn Sie meinen Wurm meinen«, kicherte Freddy, »der kann von mir aus einen Fall machen. Und zwar auf den Boden!«

Ira sah stur weiter zu Herrn Schulze-Kiefer. Der stemmte sich aus seinem Stuhl und watschelte mit seinen 113 Kilogramm zum Schreibtisch. Dort zog er ein DIN-A4-Heft aus einer Schublade. Es war ein Heft mit einem riesigen, eingebrannten Loch darin.

»Viele der Klassenarbeiten an eurer Schule sehen so aus.«

Ira betrachtete das Heft so konzentriert, als wolle sie es mit den Augen abfotografieren. Freddy schielte verwirrt zu seinem Wurm herüber, als wolle er ihn etwas fragen. Gar nicht schlecht, so ein Wesen, das immer bei einem ist, dachte Herr Schulze-Kiefer. Er war zu oft allein. Und weil er so dick war, würde das wohl immer so bleiben.

Ira riss ihn mit ihrer klaren Stimme aus seinen trüben Gedanken.

»Hefte verbrennen. Das ist eine Straftat gemäß Paragraf 303 Strafgesetzbuch, Absatz eins«, ereiferte sich das Mädchen. »Zerstörung einer Sache. Oder nein, Absatz zwei: Das unerlaubte Verändern einer Sache. Das Heft ist ja noch da, allerdings ist es auch irgendwie zerstört …«

Sie gestikulierte, während sie redete, wild mit den

Händen. Als wäre sie im Gerichtssaal, dachte Herr Schulze-Kiefer. Das sonst so graue Mädchen wirkte mit einem Mal lebhaft.

»Ein rechtlich interessanter Fall«, plapperte Ira weiter. »Ein Erwachsener käme dafür zwei Jahre ins Gefängnis oder er würde zumindest zu zwei Jahren auf Bewährung verurteilt. Ein Schüler, na, der müsste auf jeden Fall die Schule verlassen …«

Sie hielt inne.

Freddy war aufgesprungen und zur Tür gelaufen. Er wirkte merkwürdig verstört.

»So wie ich das verstanden habe, bin ich hier, um meinen Wurm loszuwerden«, schimpfte er in Richtung des Therapeuten, allerdings ohne ihn direkt anzusehen. »Und nicht, um für Sie diesen blöden Heftebrenner zu suchen.«

Er rannte aus dem Raum und knallte die Tür hinter sich zu.

Ira blickte auf ihre Uhr.

»Die Stunde ist noch nicht um«, stellte sie sachlich fest.

Herr Schulze-Kiefer nickte betrübt.

»Darf ich auch gehen?«, bat Ira. »Meine Mutter kommt bestimmt gleich.«

»Okay«, seufzte Herr Schulze-Kiefer.

Ira zog ihre graue Jacke an und reichte ihm artig

die Hand. »Ich habe ja gesagt: Einzeln ist besser. Den Heftebrenner finden wir beide schon, Herr Schulze-Kiefer. Auf Wiedersehen.«

Sie schritt aufrecht hinaus.

Herr Schulze-Kiefer stopfte sich eine dicke Erdbeere in den Mund. Er war unzufrieden mit sich. Das war keine gute Therapiestunde gewesen. Im Gegenteil. Sie war so mies verlaufen, dass es nur noch einen Ausweg gab.

Knusperflakesschokolade.

Er schnappte eine Tafel aus seiner Schublade und biss ein großes Stück ab. Bevor er es richtig hinuntergeschluckt hatte, nahm er schon den nächsten Bissen. Und noch schneller den nächsten. Er konnte nicht anders. Und er wollte auch gar nicht. Er wurde sofort ruhiger.

Herr Schulze-Kiefer sah auf die Stühle, auf denen die beiden Kinder eben noch gesessen hatten.

Freddy hatte seine rot-weiß karierte Jacke vergessen.

Wohin mit der Tüte?

Der Wurm schüttelte den Kopf, als sie draußen auf der Straße standen.

»Du hast dich so was von verdächtig gemacht«, er rollte mit den Augen hinter seiner Brille ohne Brillengläser. »Einfach abhauen und dann auch noch die Jacke vergessen!«

»Ich vergess öfter meine Jacke«, brummte Freddy.

»Tust du ni…«

Freddy hielt der Sparbirne den Mund zu. Er hatte keine Lust, sich zu unterhalten, vor allem, weil der Wurm recht hatte. Er hätte lieber auf seinem Stuhl sitzen bleiben sollen.

»Dabei hab ich mit dieser ganzen Kokelei gar nichts zu tun!« Freddy nahm seine Hand weg und sah den Wurm hilflos an. »Du weißt doch immer alles besser: Also, wer hat mir die Hefte in den Rucksack gepackt?«

Die Sparbirne grinste breit. »Keine Ahnung. Aber endlich wird es spannend mit dir, Kleiner. Ich habe mich schon fast zu Tode gelangweilt auf deiner Schulter.«

Kleiner! Kaum hatte der Wurm angefangen zu reden, wurde er frech. Freddy stapfte um das Haus von Herrn Schulze-Kiefer herum. Es hatte drei Stockwerke und jeder Stock besaß einen großen Balkon. Sogar die unterste Wohnung, in der Herr Schulze-Kiefer arbeitete. Wahrscheinlich wohnte er auch da.

»Und dann auch noch die Hefte unter dem Balkon des Detektivs verstecken!« Der Wurm zog den Kopf ein, während Freddy sich bäuchlings unter den Balkon schob. »Kopflos.«

»Der ist kein Detektiv. Der ist Therapist. Und jetzt halt deine Sparbirnenklappe, sonst zeig ich dir, was kopflos ist.«

Der Wurm drehte sich beleidigt weg.

Freddy war jetzt ganz unter dem Balkon verschwunden. Er streckte seinen rechten Arm aus und tastete hinten in einer Ecke herum, bis er das Plastik fühlte und zu sich heranzog. Es war eine weiße Tüte ohne Aufdruck. Die hatte er mit Absicht ausgesucht. Sie war so schön unauffällig.

»Durch die Tüte kann man übrigens durchsehen.« Der Wurm schielte Freddy schon wieder über die Schulter. Er hatte heute wohl Quasselwasser getrunken.

Freddy schob sich mit dem Kopf voran unter dem Balkon hervor. Er hielt die Tüte ans Tageslicht. Die roten Klassenarbeiten schimmerten durch. Auch die Löcher mit dem verkohlten, schwarzen Rand waren bestens zu sehen.

»Ach du grüne Neune«, erschrak Freddy.

»Grüne Zehne«, verbesserte ihn die Sparbirne. »Sind doch zehn Hefte.«

Der Wurm lachte. Es klang wie das Lachen eines Babyspielzeugs.

»Sparbirnenwitz«, knurrte Freddy. Aber sein Bauch tat weh, weil er versuchte, nicht zu kichern.

»Die Tüte muss weg hier«, erklärte er sich und der Sparbirne. »Wenn Herr Schulze-Kiefer die findet, lässt er sie gleich auf Fingerabdrücke untersuchen.«

»Und dann bist du geliefert«, stellte der Wurm fest.

Freddy nickte und schob seinen Kopf nach draußen ins Freie.

»Die Graue!«, kiekste der Wurm begeistert.

Freddy schob sich wieder unter den Balkon zurück. Der Wurm zog seinen Kopf nicht schnell genug ein und schlug gegen den Balkon.

»Aua!«

Freddy war froh, dass nur er den Wurm hören konnte. Er versuchte nicht zu atmen und linste nach draußen. Keine zehn Meter entfernt stapfte Ira mit ihren grauen Socken und den abgeschabten schwarzen Omaschuhen vorbei.

Die Graue war ihm auf den Fersen. Sie hatte gerochen, dass er etwas gemacht hatte, das nicht rein rechtlich war. Oder das rechtlich nicht rein war? Dieses rein rechtlich war so was von bescheuert, dachte Freddy und kicherte leise.

Die Graue blieb stehen und sah sich um. Freddy zog sich weiter unter den Balkon zurück. Der Wurm streckte sich dafür, so lang er konnte, und das war ziemlich lang, denn seine Kugeln waren auf einem weißen Gummiband aufgereiht. Neugierig lugte er mit seiner Sparbirne unter dem Balkon hervor. Freddy kriegte einen Schreck, doch dann fiel ihm ein, dass die Graue den Wurm nicht sehen konnte.

Er beobachtete, wie der Wurm das Mädchen, das jetzt langsam weiterging, mit seinem Kopf verfolgte. Dann zog er den Kopf wieder ein. »Hach«, seufzte die Sparbirne selig, »ich wünschte, eine meiner Kugeln wäre grau.«

»Ist sie weg?«, fragte Freddy.

»Leider«, flüsterte der Wurm, und seine Sparbirne färbte sich langsam rosa. Sein Wurm hatte sie nicht alle, das war mal klar.

Freddy krabbelte, die halbdurchsichtige Tüte mit

den Heften in der Hand, unter dem Balkon hervor. Wo sollte er die angekokelten Dinger bloß verstecken?

»Hast du eine Idee?«, fragte er den Wurm.

Der Wurm war immer noch hellrosa und nicht ansprechbar. Er summte eine kitschige Melodie. So was Ähnliches hatte Freddys Mutter früher immer im Altenheim gesungen, um die Omis und Opis aufzuheitern, die dann von rechts nach links und wieder zurück schaukelten. Freddy war dabei einmal fast von zwei dicken Omis zerquetscht worden.

Freddy musste etwas einfallen, und zwar schnell, bevor ihn jemand mit den Heften sah.

Er könnte die Tüte vergraben.

Nein, das würde zu lange dauern.

Er könnte sie jemandem in den Briefkasten stecken.

Nein, das war zu fies. Das wäre so, als würde er sie jemandem in den Rucksack packen.

Er könnte sie irgendwo liegen lassen, wo es ganz viele Leute gab. Dann war er sie los, machte aber niemand anderen verdächtig. Es war gefährlich, aber wenn es klappte, war er aus dem Schneider. Eine Superidee!

Freddy stopfte die Tüte unter sein zum Glück dunkelgrünes T-Shirt. Bei der ersten Gelegenheit, wenn gerade keiner guckte, wollte er sie einfach rausschütteln.

»Du siehst dicker aus als sonst«, stichelte der Wurm. Seine Sparbirne war nicht mehr rosa. Freddy zog den Bauch ein und schlenderte los, in Richtung Spielplatz.

Auf dem Spielplatz lungerten normalerweise alle möglichen Leute herum: Schüler, alte Männer, Mütter mit kleinen Kindern und manchmal auch große Jugendliche mit Mofas. Die tranken immer Cola aus riesigen Flaschen.

Heute waren nur zwei seiner Kumpels da, Raffi und Adrian. Sie ballerten mit einer silbernen Agentenspielzeugpistole herum, die nicht nur total echt aussah, sondern auch tollen Krach machte. Außerdem stand ein Mofa neben einer Bank. Die Jugendlichen mit den Colaflaschen waren aber nicht da.

»Hi, Freddy«, begrüßte ihn Adrian.

»Wir haben versucht, dich anzurufen«, sagte Raffi.

»Wer's glaubt, wird selig«, lachte der Wurm höhnisch.

Freddy war das egal. Seine Kumpels schienen froh zu sein, dass er da war.

Adrian linste neugierig auf Freddys Bauch.

»Was hast du da unter dem T-Shirt?«, wollte er wissen.

Freddy riss ihm die Pistole weg, wobei ihm die

Tüte mit den Heften halb herausrutschte. Er konnte sich gerade noch rechtzeitig nach vorn beugen und sie wieder unters T-Shirt zurückstopfen. Adrian und Raffi schmissen sich sofort auf seinen Rücken, doch Freddy schüttelte sie ab, eine Hand auf seinem Bauch, die andere an der Agentenknarre.

»Ihr seid Knastbrüder und abgehauen und ich jage euch!« Er ballerte los. Seine Freunde suchten johlend das Weite. Dann fiel ihnen ein, dass sie ja in der Überzahl waren. Sie drehten um und versuchten, Freddy die Knarre abzunehmen. Freddy lief zickzack und feuerte. Sein linker Arm, mit dem er auf die Tüte drückte, wurde langsam steif. Er ließ Raffi auflaufen, sodass der auf ihn prallte und dann nach hinten fiel. Adrian beförderte er mit einem gezielten Schuss aus der Agentenknarre in den Sandkasten. Sie lachten sich alle halb tot dabei. Dabei rutschte die Tüte wieder ein Stück nach unten. Freddy hielt sie krampfhaft mit dem Arm fest.

»Jetzt sag endlich mal, was du da hast!«, drängten Raffi und Adrian nahezu gleichzeitig.

Freddy jagte am Mofa neben der Bank vorbei, auf das Kletterdings mit den Strickseilen zu. Seine Arme waren jetzt beide komplett steif, der eine vom Knarrefesthalten, der andere vom Heftefesthalten. Er schaffte es trotzdem irgendwie, das Kletterdings hochzukommen, und merkte erst ganz oben, dass gar keiner mehr hinter ihm her war.

»Da ist ’ne Colaflasche«, brüllte Adrian zu ihm hoch. Er stand neben dem Mofa.

»Na und?«, rief Freddy zurück.

»Die ist voll«, erklärte Raffi neben Adrian.

Das änderte alles.

Freddy kletterte das Kletterstrickseildings hinunter, wobei er die Knarre einfach auf den Boden warf, und rannte zu seinen Kumpels. Zusammen starrten sie auf die riesige Colaflasche. Keiner von ihnen durfte zu Hause Cola trinken, darüber hatten sie sich untereinander schon oft beschwert. Irgendwie hielten Erwachsene Cola für böse, nicht nur weil sie ungesund war, sondern weil die Colahersteller wohl auch zu viel Geld damit verdienten und nichts Gutes mit dem Geld anstellten.

Seine Freunde trauten sich nicht, die Flasche anzurühren. Adrian schielte schon wieder auf Freddys Bauch. Freddy schnappte sich mit seiner freien Hand die Riesencola. Ein cooles Ablenkungsmanöver, dachte er. Vor allem wollte er seinen Kumpels aber zeigen, dass man mit ihm immer noch Spaß haben konnte. Auch mit Wurm.

Er klemmte die Flasche zwischen seine Beine, öffnete sie und trank zehn Schlucke hintereinander. Noch im

Trinken musste er laut rülpsen und hatte das Gefühl, die Sprudelbläschen kämen ihm sogar aus den Ohren.

»Igitt«, ekelte sich sein Wurm.

Adrian machte das Gleiche und rülpste auch laut.

Raffi rülpste sogar noch lauter.

Dann ging die Colaflasche wieder an Freddy. Ein Drittel hatten sie schon weggeschlürft.

»Da kommt einer!«, zischte der Wurm, während er an Freddy vorbeisah. Freddy trank und trank und hörte gar nicht hin.

Da zog ihn hinten was am Kragen in die Luft.

»Na, ihr drei Zwerge«, sagte ein Jugendlicher, der wohl sonst die Cola trank. Er klang gefährlich.

Freddy ließ vor Schreck die Colaflasche fallen.

»Du Penner!«, brüllte der Große und ließ Freddy auf den Boden plumpsen. Der Jugendliche hob die Flasche schnell auf. Es war höchstens noch ein Fünftel drin.

Jetzt half nur reden, reden, reden, dachte Freddy.

Seine Kumpels wollten nicht reden. Sie rannten weg.

»Wir hatten so einen Durst«, stammelte Freddy. Der Große, der wirklich ziemlich groß war und Freddy an einen Fußballer erinnerte, zog ihn jetzt vorn am Kragen hoch und in die Luft.

»Durst! Und deshalb geht ihr an unseren Stoff oder was?!«

Freddy wollte antworten, aber er konnte nur noch ganz langsam denken. So musste sich eine echte Sparbirne fühlen. Die brauchte ja immer ewig lang, bis sie richtig Licht machte.

»Du magst … Stoff?«, quetschte Freddy hervor. Das ›f‹ klang wie Luft, die sachte aus einem Ballon entweicht.

Der Große ließ Freddy genervt auf den Boden fallen.

»Wie viel habt ihr getrunken?«, fragte er.

Freddy versuchte zu antworten, aber er hatte genug damit zu tun, nicht umzufallen. Er schwankte nach rechts und links wie die Omis beim Liederabend.

»Was ist denn mit dir los?«, wunderte sich der Wurm.

Freddy blinzelte schwer mit seinen Augenlidern. »Was?«

»Was mit dir los ist!«, rief der Wurm. »Du stehst da wie der Schiefe Turm von Pisa!«

«Ich weiß auch nicht …«, Freddy versuchte sich gerade hinzustellen und suchte nach dem richtigen Wort, »Sparbirne.«

»Mit wem redest du da?«, wollte der Große verwirrt wissen.

»Mit meinem Wurm.«

Dann konnte Freddy nicht mehr. Er ließ sich fallen,

wobei er einen Arm immer noch gegen die Tüte unter seinem T-Shirt presste. Der Große fing ihn auf. Freddy sah ihn von unten an. Irgendwie sah er ganz nett aus, so wie ein Fußballer, der kleinen Jungs Autogramme gibt.

»Den Wurm seh nur ich«, brabbelte Freddy in den Armen des Großen los. »Deswegen gehe ich zum Therapisten. Aber eigentlich bin ich froh, dass der Wurm da ist. Meine Mutter geht nicht mehr aus der Wohnung. Und mein Vater kommt nicht mehr nach Hause. Ich muss alles allein machen.«

Das Reden fiel ihm jetzt ganz leicht. Ob in der Cola Quasselwasser gewesen war?

»Du bist betrunken, Kleiner«, stellte der Große kopfschüttelnd fest. »In der Flasche war Wodka-Cola. Es heißt übrigens Therapeut.«

Dann saß Freddy hinten auf dem Mofa und hatte einen Helm auf dem Kopf. Der Wurm glotzte durchs Sichtfenster zu Freddy herein. Freddy glotzte zurück. Sie wussten beide nicht so ganz, was sie von dem Ganzen halten sollten.

»Halt dich gut an mir fest«, rief der Große, der vor ihm auf dem Mofa saß. »Ich bring dich nach Hause.«

Freddy klammerte sich an den Jugendlichen. Dabei spürte er die Hefte unter seinem T-Shirt und erinnerte sich an seinen Plan, sie irgendwo liegen zu lassen. Er zog die Tüte mit einer Hand heraus und ließ sie auf den Boden fallen. Sie landete neben der Bank, direkt vor der Colaflasche.

Das war erledigt.

Sekunden später schwebte Freddy. So fühlte es sich zumindest an. Er schwebte ganz langsam durch seine

Stadt und hoffte, dass es nie aufhörte. Er sah zur Seite. Sein Wurm ließ seine letzten zwei Kugeln im Wind baumeln.

Zu Hause bekam Freddy einen Mordsärger. Er kriegte es aber nur halb mit, weil er brechen musste, bis er nur noch Spucke hochwürgte. Es tat weh. Danach bekam er so schlimme Kopfschmerzen, als würde ihm jemand alle paar Sekunden eins mit dem Hammer auf die Birne geben. Er musste sich hinlegen.

Vom Bett aus sah er seinen Schreibtischstuhl. Seine rot-weiß karierte Jacke hing darüber. Auf dem Stuhl lag ein Spielzeugkatalog, für den er eigentlich schon viel zu alt war. Sein Vater hatte ihn mitgebracht, als er das letzte Mal zu Hause gewesen war.

»Such dir was aus, Kleiner«, hatte er gesagt. »Wie wär's mit der Carrera-Bahn?«

Wahrscheinlich wollte er die selbst haben. Sein Vater war richtig kindisch.

Freddy schloss die Augen. Der Wurm rollte sich neben ihm zusammen.

Dann schliefen beide ein.

Ertappt und geschnappt

Iras Wecker klingelte. Sie war sofort hellwach, obwohl sie fast die ganze Nacht nicht geschlafen hatte. Sie würde den Heftebrenner finden, koste es, was es wolle. Aber sie musste sich sicher sein. »In dubio pro reo«, flüsterte sie.

»Ein Mensch ist rein rechtlich erst schuldig, wenn seine Schuld bewiesen ist. Und zwar hundertprozentig.« Das war jetzt ihre Aufgabe. Den Schuldigen finden und dafür sorgen, dass er eine gerechte Strafe bekam.

Ira ging zur Tür und schloss sie leise ab. Lächelnd nahm sie die Hefte aus der Tüte, verteilte sie auf dem Zimmerboden und betrachtete die eingebrannten Löcher in der Mitte.

»Was möchtest du zum Frühstück, Vögelchen?«, rief ihre Mutter aus der Küche. »Gekochte Wurst oder Kascha?«

»Wurst!«, rief Ira zurück. »Nein, Kascha!« Der Milchbrei brauchte länger, da blieb ihr mehr Zeit.

Ira nahm eins der verbrannten Hefte in die Hand. Sie konnte nicht anders, sie musste es küssen. Ihr erster Fall!

Gut, dass sie nach der Therapiestunde noch kurz zum Spielplatz gegangen war, der sich direkt neben der Praxis von Herrn Schulze-Kiefer befand. Sie hatte auf einer Bank auf ihre Mutter warten und nachdenken wollen: Warum hatte der Wurmjunge so schnell die Therapie verlassen? Wahrscheinlich, weil er verrückt war. Er schien die Therapie im Gegensatz zu ihr wirklich nötig zu haben.

Sie erinnerte sich noch genau, wie ihr die durchsichtige Tüte aufgefallen war, die neben einer großen, fast leeren Colaflasche auf dem Boden gelegen hatte. Rote DIN-A4-Hefte mit einem großen Loch in der Mitte schimmerten hindurch.

Die Hefte des Heftebrenners.

Beinahe hätte sie an Schicksal geglaubt, wie ihre Mutter. »Was uns in unserem Leben auch geschieht, ist vom Herrgott schon entschieden«, sagte ihre Mutter immer. »Es ist nicht zu ändern und wir müssen es recht bescheiden annehmen.«

Den Fall würde sie auf jeden Fall annehmen, zur Not auch bescheiden. Aber noch lieber in einer schicken, schwarzen Anwaltsrobe, mit offenem Haar und knallrotem Lippenstift. Genauso sah sie sich jetzt im Gesichtssaal. Sie vertrat die Schule als Kläger in Sachen Heftebrenner. Dr. Zogel saß neben ihr. Er bewunderte sie, das war deutlich zu sehen. Nur wer saß da auf der Anklagebank?

Das musste sie jetzt herausfinden.

Auf dem Boden ihres Zimmers hockend, nahm Ira ein Heft in die Hand. Dann noch eines und ein weiteres. Es war unglaublich, aber die Löcher in den Klassenarbeiten waren alle nahezu gleich groß. Als hätte eine Maschine sie eingebrannt.

Die Tat führt zum Täter, das hatte sie einmal in einem Buch über berühmte Straftaten gelesen. Wenn sie wusste, wie der Täter die Löcher in die Hefte brannte, würde sie ihm vielleicht auf die Schliche kommen.

Ira wühlte in ihrem Schreibtisch nach einem neuen DIN-A4-Heft. Jetzt benötigte sie nur noch Streichhölzer. Sie öffnete die Zimmertür und lauschte: Ihre Mutter deckte gerade klappernd den Tisch.

Ira schlich auf Zehenspitzen in den Hausflur. Auf der Flurkommode zündete ihre Mutter neuerdings vor dem Kochen eine Duftkerze an. Damit die Nachbarin nicht mehr durch die Essensgerüche gestört wurde und herüberkam. Ira schnappte sich die Streichholzschachtel, die neben der Duftkerze lag.

»Du bist ja noch im Nachthemd, Vögelchen!«, rief ihre Mutter. »Suchst du etwas?«

Ira schloss schnell ihre Hand um die Streichholzschachtel. »Ich wollte nachsehen, wann ich zu Herrn Schulze-Kiefer muss.« Sie sah auf den Terminkalender, der auf der Kommode lag.

»Der Termin befindet sich doch immer am Freitag«, wunderte sich ihre Mutter in ihrem merkwürdigen Deutsch, das Ira nicht mochte. »Beeil dich. Die Kascha ist in der Kürze fertig.«

Ira huschte wieder in ihr Zimmer und ließ die Tür zufallen.

Die zehn verkohlten Hefte packte sie in die Tüte und versteckte sie unter der Matratze. Dann nahm sie ihren grauen Cordrock aus dem Schrank und suchte nach einer passenden Bluse. Das ging schnell, ihre Blusen waren fast alle grau. Nur eine war knallrot. Ihre Großtante hatte sie Ira zum letzten Geburtstag geschenkt. Ob sie die zur Feier des Tages tragen sollte?

Ira fühlte, während sie sich schließlich doch für eine graue Bluse entschied, die Streichholzschachtel in ihrer Hand. Sie konnte nicht mehr warten. Es dauerte sicher nicht lange.

Sie zündete ein Streichholz an und hielt es unter das neue DIN-A4-Heft. Das Heft wurde unten etwas schwarz, dann war das Streichholz auch schon abgebrannt. Es roch nach Rauch. Ira öffnete schnell ihr Fenster und probierte es mit einem neuen Streichholz. An der Stelle über der Flamme glühte das Heft von unten kurz auf, mehr nicht. Ungeduldig versuchte Ira es noch einmal. Dieses Mal mit zwei Streichhölzern. Sofort züngelte eine riesige Flamme nach oben.

»Aua!« Ira verbrannte sich die Finger und ließ Heft und Streichhölzer fallen.

Die Flamme wurde größer und der Teppich begann zu kokeln.

Ira brannten die Augen von dem mittlerweile dichten Rauch. Sie nahm einen ihrer Hausschuhe und versuchte, das Feuer auszuschlagen, aber die Flammen schlugen immer höher.

Ihre Mutter stürzte herein, schrie und rannte wieder heraus. Kurz danach kam sie mit einem Eimer Wasser zurück und schüttete es auf das Feuer. Dann trat sie mit einem Fuß hektisch die letzten Funken aus.

Iras Finger schmerzten. Sie versteckte sie hinter ihrem Rücken.

»Vögelchen«, flüsterte ihre Mutter. Sie sah Ira an, als ob sie Angst vor ihr hätte. Ira wusste, dass das alles verrückt aussah. Aber sie konnte ihrer Mutter auch nicht sagen, dass sie einen Fall lösen wollte. Es war alles zu kompliziert und außerdem war es ein geheimer Fall.

»Ich mag das nicht, wenn du Vögelchen sagst«, sagte Ira stattdessen. »Dafür bin ich zu groß.« Ihre Mutter nickte. Tränen traten in ihre Augen. Das lag nicht nur am Rauch, da war sich Ira sicher.

»In meinem Alter kokeln alle«, versuchte Ira sie zu beruhigen. »Du kannst Herrn Schulze-Kiefer fragen.«

»Ja?« Ihre Mutter lächelte ihr erleichtert zu. Sie war immer schnell zu überzeugen. Oder sie tat zumindest so.

»Die Kascha!«, rief sie und lief aus dem Zimmer.

Aus der Küche roch es jetzt ebenfalls angebrannt.

Eine halbe Stunde später ging Ira in grauer Bluse und grauem Cordrock über den Schulhof. Freddy war bereits da. Er trug wieder seine rot-weiß karierte Jacke. Ob er noch einmal zu Herrn Schulze-Kiefer gegangen war? Oder hatte der Therapeut sie ihm vorbeigebracht?

Freddy beschimpfte gerade zwei gleichaltrige Jungen.

»Ihr Hosenscheißer!«, rief er. »Ich hätt' euch nie im Stich gelassen. Nie!«

Die Kumpels schauten verlegen weg und erwiderten nichts. Freddy blickte zur Seite, vermutlich sah er seinen Wurm an.

»Nee, das mit dem Großen sag ich nicht! Geht die doch nichts an!«

Die zwei Jungen lachten. Es klang gekünstelt.

»Der redet wieder mit seinem Wurm«, sagte der eine.

»So'n Spinner«, lachte der andere.

Sie gingen weg.

»Haut doch ab, ihr Dünnpfiffdrücker!«, brüllte Freddy ihnen nach. Die beiden Jungen lachten noch künstlicher als vorher und verschwanden.

Jemand schien den Wurmjungen auf Ira aufmerksam zu machen. Auf jeden Fall sah Freddy sie direkt an und lächelte breit, so, als wäre sie gar nicht gemein zu ihm gewesen, nachdem er ihr mit den drei Mädels geholfen hatte.

Ira blieb stehen. Sie hätte gern zurückgelächelt, aber dann marschierte sie einfach weiter. Sobald Freddy seine Freunde zurückhatte, würde er sie nicht mehr anlächeln.

Auf dem Weg ins Schulgebäude musste sie an den drei Mädels vorbei. Ira zog ihre Augen zu Schlitzen zusammen. Die Mädels interessierten sich aber nur für ein Smartphone, in dem wohl ein Film lief.

»Die letzte Minute – mit dem Kick hat sie mich plattgemacht!«, ereiferte sich Klara. Sie war Kickboxerin und trug mindestens zehn Armbänder.

»Ich finde, du warst trotzdem besser«, sagte die zierliche Franziska, eine Schleimerin. Birte, die Kräftigste der drei, schwieg wie fast immer. Vor ihr hatte Ira am meisten Angst. Birte war die Einzige, die auch zuschlug. Zumindest hatte sie es Ira angedroht, als sie sich am Tisch einmal zu breit gemacht hatte.

Ira schaffte es, unerkannt an den drei Mädels vorbeizuschleichen. Sie eilte ins Klassenzimmer, das zum Glück bereits offen war. Erleichtert setzte sie sich auf ihren Platz. Ira mochte es, hier drinnen ganz allein zu sein.

Sie öffnete ihren ledernen Schulranzen. Er war furchtbar altmodisch, aber sehr geräumig: Die Tüte mit den zehn Heften passte problemlos hinein. Ira wollte sie nicht zu Hause lassen. Ihre Mutter machte sich nach der Sache mit dem Feuer sicher so große Sorgen, dass sie schon ihr Zimmer durchwühlt hatte. Um herauszubekommen, was mit ihr los war. Nichts war mit ihr los. Sie untersuchte nur einen Fall.

Sie blickte prüfend zur Tür, ob auch niemand kam. Dann zog Ira ein Heft aus der Tüte, aber nur so weit, dass sie den angekokelten Rand betrachten konnte. Sie befühlte das Plastik des Umschlages und zog das Heft weiter heraus. Das Loch war ganz sicher nicht durch ein Feuerzeug oder Streichholz verursacht worden. Aber womit dann? Ira dachte scharf nach, so scharf, dass alles um sie herum still wurde. Nicht einmal die lauten Geräusche vom Schulhof hörte sie noch.

»Warum schmorst du dein Heft an?«

Ira wurde eiskalt. Sie sah Armbänder, viele Armbänder: Klara griff an ihr vorbei und zog das Heft aus der Tüte. Birte und Franziska hielten sich hinter ihrem Rücken verborgen.

»Warum schmorst du dein Heft an, hab ich gefragt!«

Klara wedelte vor ihren Augen mit dem Heft hin und her. Kleine, schwarze Aschekrümel rieselten langsam zu Boden. Iras Kopf war für einen Moment ganz leer.

»Du sagst jetzt endlich mal was, klar?!«, schimpfte Klara.

»Das geht uns langsam auf den Geist!«, fügte Franziska piepsig hinzu und schob sich nach vorn.

Birte glotzte nur erstaunt.

Ira musste grinsen. Es freute sie, dass sie die drei Mädels mit ihrem Schweigen geärgert hatte.

»Grins nicht so doof, Graue!«, rief Klara.

»Genau!«, quiekte die Schleimerin.

»Ranzen!«, befahl Klara Birte. Die zögerte. Ira fand das merkwürdig, denn normalerweise machte das nicht allzu schlaue Mädchen alles, was die anderen Mädels ihr sagten.

»Na los!«

Birte schnappte sich blitzschnell Iras Schulranzen und reichte ihn Klara. Ira versuchte sich den Ranzen zurückzuholen, aber Birte presste sie mit beiden Händen fest auf den Stuhl. Während Ira zappelte wie ein

Käfer, der auf dem Rücken lag, zog Klara die Tüte mit den Heften aus ihrem Lederranzen.

»Die sind alle angekokelt«, erklärte sie knapp und blätterte mit Franziska in den Heften.

»Scheekspias se mörchant off Weniss is a plai ebaut ...«, las Klara. Es sollte wohl Englisch sein, sie las gerade aus einem Englischheft der Großen.

»Das sind Hefte aus der Oberstufe!«, kreischte Franziska.

Die anderen Kinder strömten ins Klassenzimmer.

»Die stumme Russin verbrennt Hefte von den Großen!«, kreischte Franziska jetzt noch schriller.

»Jetzt lasst die doch mal«, nölte ein Junge. Er war Russlanddeutscher wie Ira, hing immer mit anderen russlanddeutschen Jungen herum und ließ sie normalerweise in Ruhe.

Klara schüttelte wild entschlossen den Kopf und hielt ihm eines der Hefte vors Gesicht.

»Hä? Was soll das denn?!« Der Junge starrte Ira an, als wäre sie ein Einhorn mit mindestens drei Hörnern. Die anderen Schüler hatten den gleichen Gesichtsausdruck. Alle redeten durcheinander. Ira schwirrte der Kopf von den vielen Stimmen.

Irgendwann fingen einige Kinder an, sie zu schubsen. Ira konnte nicht einmal mehr böse gucken. Sie hatte genug damit zu tun, aufrecht stehen zu bleiben.

Erst als ihr Kopf schmerzhaft auf einen Tisch schlug, wurde sie wütend. Sie machte sich ohne einen Laut, aber mit all ihrer Kraft von den Kindern frei und stürzte sich auf Birte, die Stärkste von allen. Ihre verbrannte Hand schmerzte dabei.

Birte wehrte sich und hatte Ira sofort im Schwitzkasten. Alle Kinder feuerten das kräftige Mädchen an. Das machte Ira noch wütender. Und diese Wut gab ihr Kraft. Viel Kraft. Ira schaffte es, Birte ihren Ellenbogen irgendwohin zu stoßen. Birte ließ sie sofort los. Sie blutete im Gesicht.

Wenig später kam ein Schüler mit Herrn Jobeke. Er war Dr. Zogels Stellvertreter und leider auch Iras Lateinlehrer. Ira hatte schon immer das Gefühl gehabt, dass er sich freute, wenn er die Schüler bestrafen konnte.

»Die anderen setzen«, donnerte Herr Jobekes scharfe Stimme durchs Klassenzimmer.

Die Kinder gehorchten. Auch Birte, die sich gleich mehrere Taschentücher unter die Nase hielt und schluchzte.

Ira hatte das Gefühl, stehen bleiben zu müssen. Sie gehörte nicht zu den anderen, schon gar nicht, seit sie verkohlte Hefte mit sich herumtrug und Kinder blutig prügelte.

Herr Jobeke hob die Tüte und die Hefte auf, die verstreut auf dem Boden lagen, und reckte seinen langen Hals, der so gar nicht zu seinem runden Gesicht passte, in die Höhe.

»Von wem ist das?« Seine Augen blitzten vor Aufregung.

»Von mir«, antwortete Ira.

»Mitkommen.« Der Lehrer stiefelte zackig vor.

Ira folgte ihm. Sie versuchte vor ihren Klassenkameraden so auszusehen, als hätte sie mit alldem nichts zu tun.

Im Klassenzimmer war es mucksmäuschenstill. Erst als sie und Herr Jobeke durch die Tür nach draußen gegangen waren, wurde es wieder laut. Doch der stellvertretende Direktor lief nicht zurück, um für Ordnung zu sorgen.

Im Flur sahen sie den Wurmjungen auf und ab gehen. Warum er wohl nicht im Unterricht war?

»Mal wieder dein Wurm oder was?«, blaffte Herr Jobeke.

Freddy nickte.

»Du willst nur nicht zum Unterricht, du Faulenzer!«

Freddy schien gar nicht hinzuhören. Ira bemerkte,

wie er auf die Tüte und die Hefte in Jobekes Händen starrte.

»Ja, ja, ich sag's ihm ja, Sparbirne!«, hörte Ira Freddys Stimme hinter sich. Dann hatte er sie auch schon eingeholt.

»Herr Jobeke, die Hefte sind von mir, aber ich bin unschuldig.« Freddy sprach rasend schnell.

Herr Jobeke blieb stehen. Ira sah, wie er vor Ärger schluckte.

»Wenn du dich wichtigmachen willst«, begann er scharf, »dann schreib gefälligst gute Noten.«

Freddy war kurz verdutzt. Dann grinste er breit.

»Wieso, die Hefte werden doch sowieso verbrannt.«

Ira spürte, dass sie kurz vor einem Lachanfall stand. Sie hielt sich schnell die Hand vor den Mund. Der Kehlkopf von Herrn Jobeke schnellte von oben nach unten und wieder hoch. Er wollte losbrüllen, doch dann sah er auf ihre Hand, die Ira noch immer vor dem Mund hielt. Er nahm sie in seine und betrachtete die Hand, als wäre sie ein seltener Stein.

»Und warum hat Ira verbrannte Finger?«

Ira wurde wieder kalt vor Schreck. Die Hefte in ihrem Ranzen, die verbrannten Finger ... Rein rechtlich würde das für eine Anklage reichen.

Freddy schienen all diese Beweise nicht zu interessieren. »Du hast die Tüte mit den Heften gefunden, oder? Auf dem Spielplatz.«

Ira nickte. Zweimal. Freddy grinste.

»Mitkommen!«, brüllte Herr Jobeke.

Ira gehorchte.

»Na klar ist Nicken Reden, Sparbirne!«, hörte sie Freddy noch sagen.

Ira dachte, dass er vermutlich recht hatte. Sie dachte auch, dass sie sich nicht alles gefallen lassen wollte.

»Ich bin unschuldig und ich werde es Ihnen beweisen.« Sie sah Herrn Jobeke fest in die Augen. Der stellvertretende Schulleiter sah mit genauso festem Blick zurück.

»Da bin ich gespannt«, zischte er.

Dr. Zogel greift durch

Dr. Zogel ärgerte sich über die tiefen Ringe unter seinen Augen. Er fürchtete, alle Anwesenden im Lehrerzimmer würden ihm anmerken, dass er schlecht geschlafen hatte.

Wie hatten Iras Eltern gefleht, ihre Tochter nicht von der Schule zu werfen, als er sie nach Hause brachte! Aber Herr Jobeke hatte ihm nun einmal eindeutige Beweise geliefert, dass Ira die Heftebrennerin war. Und auf seinen Stellvertreter konnte er sich verlassen. Nichts entging seinem scharfen Auge. Im Umgang mit Schülerinnen und Schülern war er weniger talentiert, weshalb er vor allem Stundenpläne erstellte und den reibungslosen Ablauf des Unterrichts sicherstellte. Seit Kurzem leitete er darüber hinaus eine Magie-AG. Dr. Zogel hatte die AG vorgeschlagen. Er hoffte Herr Jobeke würde dadurch etwas beliebter werden.

Nun gut. Er hatte keine Zeit, über all das nachzudenken. Er musste eine Schule leiten. Er musste dafür sorgen, dass alles wie am Schnürchen lief. Er musste sicherstellen, dass die Kinder etwas lernten. Und das ging nicht ohne Klassenarbeiten. Die Schüler brauchten den Druck.

Dr. Zogel räusperte sich. Die Lehrerinnen und Lehrer verstummten sofort. Der Schuldirektor begann.

»Punkt eins: Ira Warkentin muss unsere Schule verlassen.«

Iras Klassenlehrer Herr Jünnemann wirkte betroffen. Er war eine talentierte Lehrkraft und beliebt bei den Schülerinnen und Schülern. Letzteres wohl auch, weil er nicht sehr streng war. In keinem Klassenzimmer klebten mehr Kaugummis unter den Tischen als in seinem.

»Na ja, bestimmt hat sie an einer anderen Schule mehr Glück.« Es klang, als wolle Herr Jünnemann sich mit dem Gedanken selbst trösten. »Die halbe Klasse hatte sie auf dem Kieker.«

Die Tür flog auf, und die kleine Nervensäge stand im Raum.

»Das ist schon das dritte Mal heute, Freddy«, erklärte Dr. Zogel sehr bestimmt. »Du gehst jetzt, und zwar sofort.«

»Nein!«, antwortete Freddy. »Erst wenn Sie mir zuhören! Die Plastiktüte mit den Heften, die …«

»Du stehst kurz vor einem Tadel, mein Lieber.«

»Weil ich was sagen will? Ira ist unschuldig! UN-SCHUL-DIG, Herr Zogel!«

»DOKTOR Zogel«, zischte Herr Jobeke.

Freddys Klassenlehrerin Frau Tieks stand lächelnd auf und führte Freddy hinaus. »Wir müssen hier wirklich viel besprechen, Freddy.«

Der Junge ging ohne Murren mit. Dr. Zogel wunderte sich und war auch etwas beleidigt. Warum der Schüler auf diese junge, unerfahrene Lehrkraft hörte und auf ihn nicht?

Nun gut. Er musste weitermachen.

»Punkt zwei: Alle Klassenarbeiten werden nachgeschrieben.«

Murren unter einigen Lehrerinnen und Lehrern. Andere schimpften lautstark.

»Wie sollen wir das schaffen?«

»Ich mache schon Nachtschichten!«

»Wir kommen doch so schon mit dem Korrigieren nicht nach!«

Dr. Zogel wusste, dass das stimmte. An seiner Schule unterrichteten zu wenig Lehrerinnen und Lehrer. Jedes Jahr fuhren zwei Lehrer oder Lehrerinnen zur Kur. Wegen Erschöpfung. Aber die Schülerinnen und Schüler mussten nun einmal wissen, wo sie standen. Und sie mussten belohnt werden, wenn sie fleißig waren.

Dr. Zogel räusperte sich wieder.

»Verehrte Lehrer, die Schüler …«

»Lehrerinnen!«, beschwerte sich Frau Bokermann, eine durchsetzungsfähige Geschichtslehrerin. »Lehrerinnen und Lehrer!« Herr Zogel blickte von ihrem Damenbart zu den kurzen Haaren, die auf ihrer Stirn spitz zusammenliefen.

Was war mit ihm los? Sonst vergaß er das nie.

»Verehrte Lehrerinnen und Lehrer, die Schülerinnen und Schüler stehen nun einmal an erster Stelle und Stellinnen.«

Frau Bokermann starrte ihn mit großen Augen an und lachte dann lauthals auf. Die anderen Lehrerinnen und Lehrer schwiegen. Sie wussten wohl nicht so recht, ob er wirklich einen Witz gemacht hatte. Er machte ja auch nie einen.

Allerdings wäre das eben ein guter Witz gewesen, fand Dr. Zogel.

»Nun gut«, sagt er, weil ihm nichts anderes einfiel. Er bat seine Sekretärin Frau Ramirez-Losado, die neuen Hefte mitsamt den roten Umschlägen auszuteilen. Die Schülerinnen und Schüler sollten sie nicht selbst bezahlen müssen. Sie konnten nichts dafür, dass Ira ihre Arbeiten in Brand gesetzt hatte.

Es knallte laut.

Von außen war an der Fensterscheibe ein kleines

Pappschild zu sehen. Darauf stand: »Ira = unschuldig!«

Einige Lehrerinnen und Lehrer mussten lachen. Dr. Zogel nicht. Zum ersten Mal seit Langem spürte er seine Nerven. Sie fühlten sich an, als würde jemand an ihnen sägen.

Er öffnete das Fenster. Unten stand Freddy und hielt das Plakat mit grimmiger Miene an die Scheibe.

»Schluss jetzt!« Dr. Zogel riss es ihm weg.

»Ich versuch's ja, Sparbirne!«, rief Freddy in Richtung seiner Schulter. »Wenn der mir nicht zuhört!«

Dr. Zogel schloss das Fenster mit solcher Wucht, dass es krachte. Alle Anwesenden zuckten zusammen. Der junge Referendar, den alle nur Svennie nannten, kreischte laut auf. Dr. Zogel fürchtete immer mehr, dass der nervöse Mann mit dem Lehrerberuf überfordert war.

Nun gut, wo war er stehen geblieben?

»Punkt drei: Ich kann Ihnen nur eine Woche für die Korrekturen geben. Punkt vier: Die Konferenz ist beendet.«

Herr Jobeke stand sofort auf. Die anderen Lehrer blieben sitzen. Dr. Zogel konnte die Wut im Raum förmlich spüren.

Da gellte eine Stimme durch die Sprechanlage.

»Ira hat die Tüte mit den angekokelten Heften bloß

gefunden. Mir hat sie ja auch irgendjemand in den Rucksack gepackt, und dann hatte ich den Salat ...«

Bevor er reagieren konnte, riss Herr Jobeke die Tür zum Nebenzimmer auf. Freddy stand am Schreibtisch und brüllte in das Mikrofon der Schulsprechanlage.

»So, das ist dein Tadel. Und jetzt: Raus!« Herr Jobeke wurde laut. Dr. Zogel war froh, dass sein Stellvertreter ihm zur Seite sprang.

Die kleine Nervensäge schien das alles jedoch nicht zu beeindrucken.

»Nächste Woche kommt deine Mutter in meine Sprechstunde«, erklärte Dr. Zogel. »Ich rufe sie persönlich an.«

Etwas Merkwürdiges geschah. Der freche Freddy wurde blass. Mit hängenden Schultern schlurfte er hinaus.

Warum das jetzt gewirkt hatte?

Dr. Zogel seufzte.

Wie wenig er über seine Schüler wusste.

Von eins auf zehn

Freddy ging in seiner rot-weiß karierten Sommerjacke in den Supermarkt. Herr Schulze-Kiefer hatte ihm die Jacke vorbeigebracht. Seitdem las seine Mutter in einem Buch mit einem merkwürdigen Titel. Es hieß: »Die Angstskala – Wege nach draußen«. Freddy hatte heimlich versucht, es zu lesen. Wenn das Buch recht hatte, musste seine Mutter immer nur sagen, wie hoch ihre Angst auf einer Skala von eins bis zehn war, und dann würde es ihr irgendwann bessergehen. Für Freddy klang das nach Quatsch. In den Supermarkt ging seine Mutter auf jeden Fall immer noch nicht. Einkaufen war wohl eine Zehn, und zu Dr. Zogel zu gehen war sicher noch schlimmer.

Hoffentlich vergaß der Schulleiter, seine Mutter anzurufen.

Freddy steuerte mit seinem Wurm auf die Käsetheke zu. Er mochte den steinalten, großen, dürren Mann, der hier arbeitete. Und sein Wurm liebte blauen Gammelkäse. Freddy drehte sich der Magen um, wenn er den Käse auch nur hinter der Scheibe sah.

»Nimm den Blaugrünen da, Kleiner!«, befahl ihm der Wurm. Er zeigte mit seiner Sparbirne auf ein schleimiges Etwas, das da bestimmt schon seit einer Ewigkeit lag.

»Willst du mich umbringen? Du isst doch sowieso nichts!«

»Aber er riecht so gut!«

»Hahaha«, hörten sie ein leises Lachen. Der Käseverkäufer redete mit sich selbst, wenn er seinen Käse sortierte.

»Ach, lange ist's her«, murmelte er. Ob er den Schleimkäse meinte?

»Der junge Herr!« Er hatte Freddy entdeckt. »Was darf's sein?«

»Von dem Blaugrünen da!«, rutschte es Freddy heraus.

»Eine hervorragende Wahl! Allein der Duft!« Er hielt Freddy das Ekelding unter die Nase.

Der Wurm schnupperte und schloss verzückt die Augen.

Freddy wurde speiübel.

Der Käseverkäufer wickelte den Käse so sorgfältig ein, als wäre er ein Diamant. »Darf's sonst noch etwas sein?«

Freddy musste erst mal nach Luft schnappen. »Ja, fünf Scheiben Leerdammer«, hechelte er.

Der Käseverkäufer sah ihn betrübt an. »Na, ich vermute, für die Mutter.« Er lächelte wieder. »Ich finde Leerdammer für richtige Männer, na, ich sag mal … zu weich.«

Der Wurm schloss seine Augen hinter seiner Brille und nickte wichtigtuerisch. Freddy nahm den Käse entgegen. Er war in graues Papier verpackt. Grau. Ira fiel ihm ein.

»Kennen Sie die Nummer von der Auskunft?«, versuchte Freddy es beim Käseverkäufer.

»Nein«, antwortete der freundlich. »Frag doch die Auskunft.«

Freddy stöhnte: eine super Idee.

Der Verkäufer sortierte weiter seinen Käse und redete und lachte wieder mit sich selbst. So sah er mit seinem Wurm für andere aus, dachte Freddy. Er fragte bestimmt zehn Kunden, bis endlich einer die Nummer wusste.

Freddy rief mit seinem Handy die Auskunft an und wartete neben einem riesigen Leerdammer aus Pappe darauf, dass jemand abhob.

Der Wurm strahlte ihn an. »Du kennst Iras Nachnamen?«

»Mist!« Freddy legte sofort auf.

Ihm fiel ein, dass Ira in Franziskas Klasse ging. Franziska hatte ihm einmal ihre Nummer auf seinen nigelnagelneuen Rucksack geschrieben, als sie noch mit ihm gehen wollte. Freddy war stinksauer gewesen. Nicht nur wegen dem neuen Rucksack. Er stand zwar auf ältere Mädchen, aber Franziska mochte er nicht. Sie hatte eine nervige Stimme und quasselte doofes Zeug.

Er suchte auf seinem Rucksack nach der Nummer und wählte sie.

»Hallo?«, quiekte Franziska.

»Hallo Franziska. Hier ist Freddy.«

»Freddy!« Sie klang nett. Allein sind Mädchen immer netter, dachte Freddy.

»Frag sie nicht gleich nach Iras Namen!«, rief sein Wurm.»Ich bin ja nicht blöd«, antwortete Freddy genervt.

»Hab ich das gesagt?«, wunderte sich Franziska.

»Wie geht's?«, wechselte Freddy das Thema.

»Okay.«

Freddy fiel nichts mehr ein.

»Du kennst doch Ira, oder?«, fragte er dann.

Die Sparbirne stöhnte laut auf.

»Klar! Gut, dass die geflogen ist«, kreischte Franziska affektiert. »Die war so was von scheiße!«

Der Wurm stierte grimmig auf das Handy.

»Na ja«, quasselte Franziska weiter, »obwohl, das mit den verkohlten Klassenarbeiten ist eigentlich supertoll. Ich glaube, meine letzte Lateinarbeit war so was von verkackt!«

Sie lachte wie eine Ziege mit Zahnschmerzen.

Trotzdem, so hatte Freddy das noch nie gesehen. Er hatte auch nichts dagegen, dass Dr. Zogel seine letzte Mathearbeit nicht korrigieren konnte.

»Kennst du eigentlich Iras Nachnamen?«, fragte Freddy und stellte sich dabei vor, er würde bloß nach dem Wetter für morgen fragen.

»Wieso?«

»Namen sagen ja viel über den Charakter.«

Das hatte Freddy in einer Frauenzeitschrift gelesen. Er blätterte gern in Frauenzeitschriften. Er suchte immer die Frau, die Frau Tieks am ähnlichsten sah. Aber meistens hatten die Frauen in den Zeitschriften kleinere Nasen.

»Warkentin«, sagte Franziska. »Willst du eigentlich mit mir gehen oder warum rufst du an?« Sie lachte wieder wie die Zahnschmerz-Ziege.

»Im Moment nicht«, antwortete Freddy und legte auf.

»Warkentin ist ein schöner Name«, säuselte der Wurm. »Warum willst du sie eigentlich sprechen?«

»Ist doch klar, Sparbirne: Erst hat dieser Heftebrenner mir einen Riesenärger eingebrockt, und jetzt muss Ira den ganzen Mist ausbaden. Wir müssen den Typen endlich finden und ihn so richtig drankriegen!«

»Genau«, nickte die Sparbirne, »rein rechtlich drankriegen.«

Freddy wollte gerade die Nummer der Auskunft wählen, als er eine Stimme hörte. Sie klang wie Musik.

»Ein bisschen von dem Appenzeller bitte.«

Frau Tieks. Freddy stand auf und stellte sich direkt neben sie. Er versuchte, so locker wie möglich zu lächeln.

Dann sackten seine Mundwinkel nach unten. Jemand legte einen Arm um Frau Tieks' Hüfte. Es war der Jünnemann, Iras Klassenlehrer. Er hatte ein Loch am Ärmel seiner Lederjacke, wahrscheinlich von einer Zigarette. Der Typ war viel zu schluderig für Frau Tieks, das war mal klar.

»Wollen wir nicht lieber den Leerdammer nehmen?«

Der Käseverkäufer und der Wurm stöhnten leise auf.

»Gern«, strahlte Frau Tieks.

»Sind Sie und der Jünnemann zusammen?«, fragte Freddy.

»Ach, hallo Freddy! Ja, wir sind zusammen.« Frau Tieks lächelte wie ein Engel. »Wir kriegen sogar ein Baby.«

Der Jünnemann grinste, als hätte er eine Goldmedaille bei der Olympiade gewonnen. Freddy fand das albern. So schwer konnte es ja wohl nicht sein, ein Baby zu machen.

»Was hat der Jünnemann, was ich nicht habe?«, wollte er von seinem Wurm wissen, als sie an der Kasse standen.

»Er ist über eins fünfzig«, kicherte die Sparbirne.

Als Freddy mit drei vollen Einkaufstaschen die Prießallee hinuntertrottete, stand seine Laune auf einer Skala von eins bis zehn allerhöchstens bei vier. Wegen Frau Tieks. Wegen seiner Mutter. Aber vor allem wegen Ira. Sie war von der Schule geflogen, weil ihm nichts Besseres eingefallen war, als die verbrannten Hefte auf dem Spielplatz zu lassen.

Er hängte sich seine drei Einkaufstüten ans rechte Handgelenk, um die linke Hand frei zu haben.

»Pass auf, dass die Henkel nicht reißen, Kleiner!«, warnte ihn die Sparbirne.

»Nerv nicht rum«, schnauzte Freddy ihn an.

Er wollte endlich bei der Auskunft anrufen, als sein Handy klingelte. Freddys Herz fing rasend schnell an zu pochen.

›Papa‹ stand im Display.

»Hi, Freddy-Paddy! Was geht so?«

»Kommst du am Wochenende?«

»Ich kann leider nicht, Kleiner. Die Band braucht mich. Wir haben ein extra Konzert in Melbourne.«

Na toll. Sein Vater kam nicht, und er nannte ihn

Kleiner. Das tat er immer, wenn er ein schlechtes Gewissen hatte.

»Nenn mich nicht Kleiner.«

Freddy legte auf und wählte schnell die Nummer der Auskunft, bevor sein Vater es noch einmal versuchen konnte. Die Auskunft verband ihn gleich mit den Warkentins.

»Ja, bitte schön?«, hörte er eine leise Männerstimme.

»Hier ist Freddy«, sagte Freddy. »Kann ich Ira sprechen?«

»Könnte ich bitte«, zischte der Wurm, »könnte ich bitte Ira sprechen.«

»Ich meinte, könnte ich bitte.«

»Warum denn, Jungchen?«, fragte der Mann, der vermutlich Iras Vater war. Oder der Opa.

»Ich bin mit Ira beim Therapisten, äh, Therapeuten«, antwortete Freddy.

»Ah, einen Moment bitte schön.«

Freddy hörte, wie Iras Vater oder Opa wegging und dann wiederkam.

»Ira möchte im derzeitigen Augenblick nicht.«

»Aha?«, sagte Freddy etwas verwirrt. »Und danach?«

»Danach wohl ebenso nicht. Auf Wiederhören.«

Der Vater oder Opa legte auf. Der Wurm sah Freddy streng an.

»Jaja, ich versuch's noch mal.« Freddy wählte wieder Iras Nummer und wartete.

Es ging niemand mehr dran. Seine Laune rutschte auf eine drei ab. Wie sollte er bloß an Ira herankommen?

Platsch!

Eine der Einkaufstüten war geplatzt. Rosa Kirschjoghurt war überall auf dem Boden verteilt, Äpfel, Müsli und Kekse lagen mitten in der Joghurtsuppe.

Freddy versuchte zu retten, was zu retten war, und stopfte alles noch Essbare in die anderen zwei Taschen.

»Ich hab's dir gleich gesagt, Kleiner«, motzte der Wurm.

»Nenn mich nicht Kleiner!«, brüllte Freddy.

Die Sparbirne blinzelte kurz erschrocken. Freddy konnte nicht aufhören zu brüllen.

»Ich bin skalamäßig höchstens noch auf einer Zwei, du behämmertes Billigbrillengestell!«

»So lasse ich nicht mit mir reden!«

»Ach nee? Dann hau doch ab!«

Die Sparbirne sagte nichts mehr. Aber sie blieb natürlich.

Freddy stapfte mit den zwei Tüten weiter. Die Dinger waren so voll und so schwer, dass er sie nicht mehr am Henkel tragen konnte, sondern sie in die Arme nehmen musste.

Vor seiner Haustür stellte Freddy die Einkaufstüten erschöpft auf dem Boden ab und suchte seinen Hausschlüssel. Er war nirgends zu finden, wahrscheinlich hatte er ihn vergessen. Er klingelte bei sich selbst, erst einmal, dann zweimal, dann Sturm.

Niemand machte auf.

Jetzt war es so weit: Freddys Laune sackte auf eine Eins ab. Er hätte die Scheibe der Haustür zerdeppern können. Dann bekam er Angst, und zwar von null auf zehn. Was war mit seiner Mutter? Sie war doch sonst immer da!

Er klingelte bei einem Nachbarn, um wenigstens ins Haus zu gelangen. Die Tür summte. Freddy ließ den Einkauf auf dem Boden liegen, drückte gegen die Tür und raste die Treppen hoch.

»Wo ist sie bloß?«, fragte er panisch seinen Wurm.

»Freddy? Hier! Hier bin ich«, hörte er eine dünne Stimme.

Freddy blieb stehen. Sein Wurm machte sich lang und sah das Treppenhaus hinab.

»Wo?«, fragten er und Freddy gleichzeitig.

»Na hier!«

Die Stimme seiner Mutter kam von ganz unten. Freddy schoss die Treppe wieder hinunter, und zwar so schnell, dass der Wurm vor lauter Gegenwind die Augen schließen musste.

Seine Mutter kam ihm mit Herrn Schulze-Kiefer entgegen. Der Therapeut keuchte. Sie beide waren wohl schon mehrmals die Treppen hoch- und runtergekraxelt.

»Ich hab ein paar Sachen in den Keller gebracht«, erklärte seine Mutter stolz.

Freddy konnte es nicht fassen. »Du?!«

»Sagen Sie bitte noch schnell, Frau Blumenau«, beeilte sich Herr Schulze-Kiefer, »wie bewerten Sie Ihre Angst?«

»Sieben«, antwortete Freddys Mutter.

Freddys Laune schnellte von eins auf acht. Er sprang seiner Mutter um den Hals. Ihre Wange war nass. Sie hatte geschwitzt. Und ihre Augen waren so groß wie die eines Kaninchens, das gleich im Schmortopf landen soll.

»Dr. Zogel hat angerufen, Freddy. Hast du Quatsch gemacht?«

»Macht er doch immer«, grummelte der Wurm.

»Nicht so richtig«, nuschelte Freddy.

»Ich soll nächste Woche zu ihm«, erzählte ihm seine Mutter, ohne besonders sauer zu wirken. »Na, ich schaff's schon.«

Freddy grinste. Der Ärger mit Dr. Zogel hatte sich gelohnt. Genauso, wie es sich gelohnt hatte, seine Jacke bei Herrn Schulze-Kiefer zu vergessen. Der Therapeut hatte sie ihm letzte Woche nach Hause gebracht und gleich kapiert, dass mit seiner Mutter etwas nicht stimmte, als sie an der Tür stand. Freddy hätte Herrn Schulze-Kiefer niemals gesagt, was mit seiner Mutter los war.

»Für heute war es genug«, sagte der Therapeut zu Freddys Mutter. »Gehen wir nach oben.«

Freddy holte seinen Einkauf herein. Seine Mutter half ihm beim Tragen.

In ihrer Wohnung sprachen Herr Schulze-Kiefer und seine Mutter noch einmal darüber, wie stark ihr Herz im Treppenhaus gerast habe. Ob sie geglaubt habe, sie müsse sterben. Das dachte sie nämlich sonst immer, wenn sie sich dem Hausflur auch nur näherte.

»Nein«, entgegnete Freddys Mutter.

»Haben Sie das mit Ira gehört?«, fragte Freddy den Therapeuten. Der Wurm sah den dicken Mann aufgeregt an.

Herr Schulze-Kiefer nickte. »Ich glaube nicht, dass sie die Hefte auf dem Gewissen hat. Ira möchte Abi machen und Anwältin werden. Das würde sie niemals aufs Spiel setzen.«

»Wollen Sie Erdbeeren?« Freddy fand, Herr Schulze-Kiefer müsse irgendwie belohnt werden.

»Gern!«, freute sich der dicke Mann.

Freddy ging in die Küche. Er hatte zwar keine Erdbeeren, aber immerhin eine Dose mit Mandarinen. Er goss den Saft ab und schüttete die Mandarinen in eine schöne Schüssel.

Sein Blick fiel auf den Küchentisch. Zwei leere Teetassen standen darauf. Daneben lagen ein paar Papiere von Herrn Schulze-Kiefer. Und auch sein Adressbuch.

»Sieh mal unter Warkentin nach«, schlug die Sparbirne vor.

Freddy fand die Idee gut. Herr Schulze-Kiefer wollte schließlich auch, dass er und Ira zusammen an dem Heftebrenner-Fall arbeiteten.

Er öffnete das Büchlein. ›Jakobusstraße 87‹ stand da.

Zehn. Freddys Laune sprang auf eine glatte Zehn.

Suppe für alle

Klack!

Irgendetwas war gegen die Scheibe geflogen. Ira sah von dem Chemiebuch, in dem sie gerade las, auf und ging zum Fenster. Unten auf dem Bürgersteig stand Freddy. Dass der so spät noch rausdurfte! Und auch noch allein!

Als Freddy sie sah, lachte er und machte mit seiner rechten Hand merkwürdige Zeichen. Ira kniff ihre Augen zu Schlitzen zusammen. Sie versuchte zu verstehen, was er von ihr wollte.

Freddy tat so, als würde er etwas greifen und zu sich ziehen. Ira verstand. Sie sollte das Fenster öffnen, weil der Junge mit ihr reden wollte.

Das war unmöglich.

Nicht mit Kindern zu reden war das Einzige, was Ira hatte. Es machte sie stark, es machte sie unverwundbar. Wenn sie nicht mit Kindern redete, tat es ihr auch nicht weh, wenn die Kinder nicht mit ihr redeten.

So einfach war das.

Ira trat zur Seite, allerdings nur so weit, dass sie gerade noch nach unten sehen konnte. Freddy marschierte weg, kam aber kurz darauf mit einem halben Pflasterstein in der Hand wieder, der sich wohl aus dem Bürgersteig gelöst hatte. Drohend hielt der Junge den schweren Stein und zielte nach oben.

Ira fröstelte. Wenn dieser Freddy den Stein wirklich warf und ihre Eltern das hörten! Sie waren traurig genug wegen ihr. Kein Gymnasium, nicht einmal eine Realschule wollte Ira nach der Sache mit den Heften aufnehmen.

Ira öffnete das Fenster.

»Wir müssen den Heftebrenner finden«, zischte Freddy leise.

Ira versuchte, nicht zu nicken. Nicken war Reden, da hatte Freddy neulich schon recht gehabt.

»Kann ich reinkommen?«, fragte er flüsternd.

Ira versuchte, nicht den Kopf zu schütteln. Selbst in einem Gerichtssaal würde jeder Richter Kopfschütteln als ›Nein‹ und damit als Reden bewerten.

»Hast du ein Springseil oder so?«

Sie hatte eines. Aber wenn sie es ihm holte, hieß das ›Ja‹ und war Reden. Wenn sie das Fenster schloss, bedeutete das allerdings ›Nein‹ und war ebenfalls Reden. Sie hätte sich nie ans Fenster stellen sollen.

Freddy hob erneut den Stein in die Höhe.

»Der landet gleich in deiner Bude!«, zischte er lauter.

Ira musterte Freddy von oben bis unten. Wirklich gefährlich sah dieser Junge nicht aus.

Da warf Freddy den Stein mit Karacho an die Wand neben ihrem Fenster. Es knallte laut. Ira blickte erschrocken zu ihrer Zimmertür. Hoffentlich hatten ihre Eltern nichts mitbekommen.

»Die erste Warnung!« Freddy hob den Stein wieder auf.

Ihr blieb keine andere Wahl. Ira trat vom Fenster weg, wühlte in einer Schublade und fand endlich ihr altes Springseil mit der Fee an den Griffen. Sie wollte es Freddy hinunterwerfen.

»Nein! Mach's erst irgendwo fest!«, befahl er leise.

Ira knotete das Seil um den Heizungsknopf. Ob das hielt? Sie wohnte immerhin im ersten Obergeschoss, da konnte er sich schon etwas brechen. Allerdings war das rein rechtlich sein Problem – oder nein, das seiner Eltern, wegen Verletzung der Aufsichtspflicht.

Freddy wickelte sich das Seil um sein rechtes Handgelenk und zog sich wie ein Bergsteiger an der Hauswand hoch. Ira hätte nicht gedacht, dass er so stark war. Freddy war eher klein und schmal für sein Alter.

Übers Fensterbrett hievte Freddy sich in ihr Zimmer.

»Mein Wurm hat'n bisschen nachgeholfen«, grinste er.

Angst kroch in Ira hoch. Für einen Moment hatte sie vergessen, dass Freddy der verrückte Wurmjunge war. Und sie hatte ihn auch noch selbst hereingelassen! Sollte ihr irgendetwas passieren, würde ihr jeder Richter genau das vorhalten. »Warum haben Sie den Jungen in Ihr Zimmer gelassen? Sie wussten doch um seinen geistigen Zustand.«

Ira machte einen Schritt zurück. Ihr Herz klopfte wie wild.

»Du glaubst, die hat Angst vor mir?« Freddy sah in Richtung seiner Schulter. »So'n Quatsch, Sparbirne.«

Er setzte sich im Schneidersitz auf den Boden.

»Bei euch riecht's gut.«

Ihre Mutter kochte gerade einen Borschtsch vor.

»Also, noch mal«, redete Freddy weiter, »wir müssen den Heftebrenner finden, und zwar pronto.«

Ira blieb stehen und versuchte wieder, nicht zu nicken.

»Ist dir aufgefallen, dass sogar die Umschläge weggebrutzelt sind? Dabei brennt Plastik eigentlich gar nicht so leicht.«

Nicht schlecht, dachte Ira. Dieser Freddy war vielleicht verrückt, aber er war nicht doof.

»Ist es dir nun aufgefallen oder nicht?«

Um ein Haar hätte Ira den Kopf geschüttelt. Freddy sah stirnrunzelnd seine Schulter an.

»Mein Wurm will wissen, ob du vielleicht mit Würmern redest.«

Ira setzte sich Freddy gegenüber.

Darüber musste sie erst einmal nachdenken.

Ja, mit Würmern würde sie schon reden, wenn die reden könnten. Aber Freddys Wurm konnte nicht reden. Er war nicht einmal da.

Bevor sie es selbst merkte, hatte sie schon den Kopf geschüttelt.

Freddy tat so, als wäre es das Normalste von der Welt. »Wie hat er die Löcher in die Hefte gekriegt? Mit einem Bunsenbrenner?«

Nein, dachte Ira, ein Bunsenbrenner würde niemals ein so gleichmäßiges, kreisrundes Loch einbrennen können.

Freddy lächelte sie an. »Du hast ’ne Idee, oder?«

Ira hielt es nicht mehr aus. Und was für eine Idee sie hatte! Sie beschloss, eine Ausnahme für verrückte Wurmjungen zu machen. Ausnahmen bestätigten die Regel. Und es ging schließlich um ihren ersten Fall.

»Der Heftebrenner versteht etwas von Chemie.«

»Hä? Was hat’n das mit Chemie zu tun?«

»Das Loch«, erklärte Ira. »Das kann man nicht mit einem Feuerzeug oder einem Streichholz oder einem Bunsenbrenner hineinbrennen. Das hat jemand mit einer chemischen Lösung gemacht, glaube ich, einer

Säure vielleicht. Es ist allerdings kompliziert. Kennst du dich mit Chemie ein bisschen aus?«

»Nö«, grinste Freddy.

»Ich schon. Die Tat führt zum Täter, wusstest du das? Wenn wir wissen, wie der Heftebrenner die Löcher in die Hefte brennt, wo er die Chemikalien dafür herbekommt – dann haben wir ihn.«

»Ja, vielen Dank auch, ich weiß, dass die schlau ist«, schnauzte Freddy seine Schulter an.

Ira musste lächeln. »Wie sieht dein Wurm eigentlich aus?«, erkundigte sie sich vorsichtig.

Freddy wurde rot. »Wie ein Babyspielzeug, so mit bunten Kugeln und einer Brille«, brummte er.

Das erinnerte Ira an etwas. Sie stand auf und wühlte in einer Kiste herum. Mit einem Spielzeugkatalog, den sie immer noch alle halbe Jahre zugeschickt bekam, kehrte sie zu Freddy zurück.

»So?« Sie tippte auf das Titelblatt. Es zeigte einen Kaufmannsladen mit Käsestücken darauf. Ein Käse sah widerlich aus, so bläulich-grün, wie Schimmelkäse. Ganz oben auf dem Kaufmannsladen lag ein Wurm, der aus einer roten, lilafarbenen, gelben und hellblauen Stoffkugel und einem hellen Kopf aus weißem Plastik bestand. Vielleicht war der Kopf auch eine Lampe und die Kinder konnten ihn an- und ausknipsen. Außerdem hatten die Hersteller dem Wurm eine Brille aufgemalt und einen schmalen Mund, der nach schlechter Laune aussah.

»Sieht er so aus?«, hakte Ira nach.

»Genau so.« Freddy starrte mit großen Augen auf den Katalog.

Es klingelte an der Tür, dreimal schnell hintereinander.

»Kann man bei euch so spät klingeln?!« Freddy schien froh über die Ablenkung. »Hätt' ich mir das mit dem Seil ja sparen ...«

Er stoppte.

Laute Stimmen waren zu hören. Ira erkannte sie sofort. Es waren die Stimmen der blonden Nachbarin mit den gelben Zähnen und ihres Freundes. Der Mann lispelte und redete wie ein kleiner Junge, war aber riesig und hatte einen rosafarbenen Glatzkopf. Ira musste immer an ein Riesenbaby denken, wenn sie ihm im Treppenhaus begegnete.

»Die Duftkerze könnt ihr euch sonst wohin stecken! Dieser Scheißrussenfraß! Wir haben's satt!«

Die Stimmen ihrer Eltern hörte sie nicht.

Dann klirrte irgendetwas. Vielleicht hatte jemand den Kerzenhalter mit der Duftkerze umgeworfen.

»Hört sich nach Ärger an!« Freddy zog Ira zur Tür und öffnete sie einen Spaltbreit. Gemeinsam spähten sie in den Wohnungsflur.

Die Nachbarin mit der gelben Brille stand neben ihrem Freund und schrie ihre Eltern an. Das Riesenbaby sagte ab und zu »Thtimmt«. Ihre Eltern standen stocksteif da und sagten gar nichts.

Wut kroch in Ira hoch, wie immer, wenn ihre Eltern sich nicht wehrten.

»Bloß, weil's bei euch ein bisschen nach Essen riecht?«, wunderte sich Freddy. »Das können die Idioten doch höchstens im Hausflur riechen.«

Ein interessanter Punkt, fand Ira. Da schubste der Riese, der jetzt einen knallroten Kopf hatte, ihren Vater. Es war ein leichter Schubser, aber Ira stach es in der Bauchgegend, als sie sah, wie ihr Vater nach hinten sackte. So wie ein Sack Kartoffeln, ohne Arme und Beine.

Freddy schoss aus der Tür heraus auf die Erwachsenen zu.

»Ich glaube, es hakt?!«

»Geh in dein Zimmer«, fauchte ihn die Nachbarin an.

»Ich hab hier kein Zimmer«, erklärte Freddy.

Der Riese schob ihn weg.

»Wir wollen Thmerthenthgeld, thwanthig Tacken.«

Klar, verstand Ira, das wollen sie. Geld. Sie hoffte, dass ihre Eltern nicht nicken würden. Aber das taten sie. Es stach wieder in Iras Bauchgegend, nur irgendwie heißer. Lasst euch nicht alles gefallen, flehte sie ihre Eltern in Gedanken an. Sagt einmal Nein.

»Also, äh ... Meine Geldbörse befindet sich in der Küche«, stammelte ihr Vater verängstigt und tapste gleich los.

»Ich komme mit«, sagte Freddy.

Ira sah ihnen wie die anderen stumm hinterher.

Aus der Küche war Geklapper zu hören. Kurz darauf kamen Freddy und Iras Vater wieder. Ihr Vater hielt 20 Euro in der Hand, Freddy ein Nudelholz, eine Bratpfanne, einen Korkenzieher und eine Fliegenklatsche. Er verteilte die Gegenstände an alle außer an die Nachbarn.

Ira bekam den Korkenzieher.

»Ich, ich, äh ... weiß nicht, was Jungelchen hat«, stotterte Iras Vater und sah verwundert auf die Bratpfanne in seiner Hand. »Ich weiß nicht mal, wer Jungelchen ist.«

Er reichte dem Riesen, der jetzt wieder ein rosa Gesicht hatte, die 20 Euro. Bevor der Mann sie nehmen konnte, haute Freddy ihm eins mit der Fliegenklatsche auf die Hand.

»Aua!«, brüllte der Riese.

»Jungelchen!«, rief Iras Vater erschrocken.

Jetzt griff die gelbe Nachbarin gierig nach dem Schein. Ira pikste sie mit dem Korkenzieher, nur ganz leicht, aber es reichte. Die Nachbarin zog erschrocken ihre Hand zurück. Dann allerdings wollte der Riese Ira den Korkenzieher aus der Hand reißen. Sein dickes Babygesicht leuchtete wieder tomatenrot.

»Schluth mit dem Theater!«, kläffte er.

Ira ließ den Korkenzieher nicht los. Der Riese riss so kräftig und ruckartig daran, dass ein glühender Schmerz durch Iras Arm fuhr.

Ihre Mutter holte mit dem Nudelholz aus.

»Hände weg von meiner Tochter!«, rief sie. Ihre Mutter hatte vom Kochen und Teigkneten ziemlich starke Arme. Der Riese machte einen Schritt zurück.

Iras Vater sah ratlos von dem Euroschein in der einen Hand auf seine andere Hand, mit der er die Bratpfanne hielt. Iras Mutter funkelte ihn auffordernd an. Sei kein Kartoffelsack, betete Ira für sich, bitte, Papa. Iras Vater steckte den Euroschein in seine Hosentasche und nahm die Bratpfanne wie einen Baseballschläger in beide Hände.

»Recht so: Schluss mit dem Theater«, rief er. Ira konnte sich nicht daran erinnern, ihn jemals so laut reden gehört zu haben. »Wir kochen, wie wir wollen!«

Der Riese blickte ratlos die gelbe Nachbarin an.

»Du hatht gethagt, die mucken nicht.«

Die Nachbarin zuckte genauso ratlos mit den Schultern.

»Und jetzt raus!«, befahl Freddy.

Der Mann und die Frau drehten tatsächlich ab.

»Momentchen!«, flötete Iras Mutter. Die Nachbarn wandten sich wieder um. »Haben Sie in Ihrem Leben bereits einen russischen Borschtsch genossen?«, wollte sie von den beiden wissen.

Natürlich, dachte Ira, ihre Mutter musste doch wieder auf Friede, Freude, Eierkuchen machen.

Der Riese und seine Freundin antworteten nicht. Sie guckten nur düster. Da grummelte es laut aus der Bauchgegend des Riesen. Er hatte offenbar einen Riesenkohldampf.

»Warst du eigentlich einkaufen?«, fragte ihn die Nachbarin.

»Immer ich«, beschwerte sich ihr Freund.

Sie standen unschlüssig im Flur herum.

»Mh«, Freddy schnupperte in der Luft herum, »es riecht wirklich lecker.«

Der Bauch des Riesen grummelte wieder, diesmal lauter.

»Ach, wenn ich mir vorstelle, so 'ne schöne warme Suppe am Abend, hm ....«, redete Freddy weiter.

Am Mundwinkel des Riesen bildete sich Speichel. Ira versuchte, nicht zu lachen.

»Man kann'th ja mal probieren«, sagte er schließlich und sah seine Freundin fragend an. Die Nachbarin zögerte. Ira wollte etwas tun. Dieser Freddy traute sich schließlich auch alles. Sie hakte die Frau mit den gelben Zähnen unter und zog sie in die Küche.

Am Küchentisch probierten die Nachbarn vorsichtig und mit spitzen Mündern die Suppe aus Roter Bete. Überrascht sahen sie sich an und verspeisten dann wortlos und schnell ihren Borschtsch.

Nach dem Essen betrachtete Ira nachdenklich ihre Mutter, wie sie ein paar Kellen Suppe in einen Tuppertopf füllte. Ein Nachschlag Borschtsch, zu dem die beiden Nachbarn nicht Nein sagten.

Im Gegenteil.

»Wenn man weiß, wie's schmeckt, riecht es nicht mehr so schlimm«, nuschelte die Nachbarin.

»Thtimmt«, fand auch ihr Freund.

Vielleicht konnte man sich manchmal auch wehren, indem man nett war, überlegte Ira. Darüber hatte sie noch nie nachgedacht.

Als die Nachbarn weg waren, schien ihren Eltern erst so richtig aufzufallen, dass Freddy nicht zu ihnen gehörte.

»Wer bist du eigentlich, Jungelchen?«, fragte ihn Iras Vater.

»Na, ich bin auch bei Herrn Schulze-Kiefer, wegen meines W…«, erklärte Freddy.

»Er hat zu viel Fantasie«, ging Ira dazwischen. Das mit dem Wurm mussten ihre Eltern nicht wissen. »Stimmt doch, Freddy, oder?«

»Auf jeden Fall!«

Ira sah ihre schweigenden Eltern an. Ob es ihnen nicht passte, dass sie jemanden aus der Therapie zu Hause hatte? Und auch noch einen Jungen? Und so spät? Und ohne zu klingeln?

»Du redest wieder mit Kindern?« Ihre Mutter blickte erstaunt von ihr zu Freddy.

Ira nickte. Sie wollte nicht sagen, dass sie nur eine Ausnahme wegen ihres Falles machte. Ihre Mutter sah zu glücklich aus. Sie schnappte sich Freddy mit ihren breiten Armen und gab ihm einen dicken, schmatzenden Kuss auf die Wange.

»Jungelchen, Jungelchen!«, lachte Iras Vater.

»Wir brauchen übrigens einen Chemiebaukasten«, sagte Ira, »um den Heftebrenner zu finden.«

Freddy erzählte von der halbdurchsichtigen Tüte, den Heften und wie Ira sie gefunden hatte. Die Eltern hörten sich alles aufmerksam an.

»Wir besorgen euch den Kasten«, sagte ihre Mutter dann. »Recht frühzeitig am Morgen.«

Freddy grinste Iras Mutter an. »Klingt irgendwie schön, wie Sie das R rollen. Ist das schwer?«

Er versuchte es und hörte sich dabei an wie eine

elektrische Zahnbürste. Die Eltern lachten. Freddy hatte recht, dachte Ira und in ihrem Körper wurde es warm. Es klang schön. Sie versuchte das Rollen mit Freddy zusammen.

Rrrrrrrrrrr.

Ein Tropfen genügt

Herr Schulze-Kiefer betrachtete nachdenklich die Patientenakte auf seinem Schreibtisch. Dann schielte er nach oben und sah Ira und Freddy an.

»Auf deine Akte?«, fragte er Ira.

»Die brauchen Sie doch nicht mehr«, sagte Freddy voller Überzeugung. »Ira redet ja wieder mit Kindern.«

»Nur mit Wurmjungen«, fügte Ira lächelnd hinzu.

Herr Schulze-Kiefer seufzte, freute sich aber insgeheim. Sein Plan war aufgegangen. Seine beiden Patienten hatten zusammen am Heftebrenner-Fall gearbeitet und sich darüber ganz offensichtlich angefreundet.

»Was soll's. Legt los, ihr zwei.«

Ira holte ein kleines, dunkles Gläschen, das mit einer Pipette verschlossen war, aus ihrem altmodischen Schulranzen. Der Ranzen war voller Bücher, ganz so, als würde das Mädchen noch zur Schule gehen. Aber der Rauswurf schien endgültig. Nachbar Zogel war nach wie vor sicher, dass Ira die Klassenarbeiten zerstört hatte. Herr Schulze-Kiefer hatte deswegen erst gestern bei ihm angeklingelt.

Ira zog die Flüssigkeit im Fläschchen mit der Pipette auf und hielt sie Freddy hin. Ein scharfer Geruch stieg Herrn Schulze-Kiefer in die Nase.

»Willst du tröpfeln?«, bot Ira dem Jungen an.

»Ist deine Akte«, antwortete Freddy. »Meine brauche ich ja noch«, fügte er ungewöhnlich leise hinzu.

»Dann ist dein Wurm noch da?«, erkundigte sich Herr Schulze-Kiefer.

»Ja«, antwortete Freddy hilflos, »dabei weiß ich, dass er eigentlich NICHT da ist. Ich hab so einen Wurm bloß mal auf einem Katalog gesehen. Heißt das, dass ich verrückt bin?«

Herr Schulze-Kiefer musste lachen. »Auf gar keinen Fall.«

Freddy schien erleichtert. »Jetzt mach schon«, drängte er Ira. »Der Geruch ätzt mir sonst die Nase weg.«

Ira ließ aus der Pipette eine farblose Flüssigkeit auf ihre Krankenakte tröpfeln. So schnell, wie das Meer sich nach einer Welle zurückzieht, verschwand das Papier und hinterließ ein kreisrundes, an den Rändern schwarzes Loch.

Der Therapeut musste für die Krankenkasse wohl eine neue Akte anlegen.

»Ein Tropfen für ein Heft!«, rief Freddy stolz.

Herr Schulze-Kiefer lehnte sich erstaunt zurück.

»Wie habt ihr das herausbekommen?«

»Erst haben wir's mit einem Chemiebaukasten versucht«, begann Freddy, »aber was abfackeln kann man mit diesem Kinderkram nicht.«

»Mein Vater hat mich dann in die Unibibliothek gefahren«, erzählte Ira weiter. »Damit ich in ein paar Chemiebüchern nachschlagen kann. Dioxidohydroxidostickstoff, auch HNO_3 genannt. Das ist die Heftebrennerlösung.«

Herr Schulze-Kiefer konnte es kaum glauben. »H_3NO also?«

»HNO_3«, verbesserte Freddy ihn ungeduldig.

»Meine ich ja. Scheint nicht ungefährlich zu sein.« Er wies mit dem Finger auf einen Aufkleber, der auf dem Fläschchen klebte und neben einem Feuer eine weggeätzte Hand zeigte. »Wo habt ihr das H_3-Dingens denn her?«

»Ja, also …« Ira schielte zur Seite, in Freddys leicht gerötetes Gesicht.

»Wir haben da in der Schule Svennie, unseren Nawi-Referendar«, druckste der Junge herum.

»Ihr nennt ihn Svennie?«

»Ja, weil er aussieht wie'n Schüler. Svennie ist nach dem Unterricht immer fertig mit den Nerven. Dann vergisst er, den Raum mit dem Chemiezeug abzuschließen. Wir machen in Nawi fast immer Chemie, wissen Sie.«

»Und da hast du gewartet, bis er weg ist, und ein paar Chemikalien mitgenommen«, folgerte Herr Schulze-Kiefer.

»Jawohl«, antwortete Freddy.

Herr Schulze-Kiefer musste schlucken, und zwar zweimal. Jetzt hatte er seine beiden Patienten auch noch zum Diebstahl ätzender Chemikalien aufgefordert.

»Ist ja wohl besser, als wenn Ira nicht mehr zur Schule darf, oder?«, erklärte Freddy.

Ein Punkt für ihn, dachte Herr Schulze-Kiefer.

»Wenigstens seid ihr bei euren Versuchen nicht explodiert.«

Freddy und Ira tauschten verlegene Blicke.

Der Junge drehte sich um. Seine Haare waren unten angesengt. Das Mädchen zeigte Herrn Schulze-Kiefer das schwarz verkohlte Bündchen ihrer grauen Bluse.

»Mehr will ich im Moment dazu nicht wissen.« Herr Schulze-Kiefer schnappte sich nervös eine Erdbeere. Ob es so eine gute Idee gewesen war, die beiden auf den Fall anzusetzen? So oder so, jetzt war es zu spät.

»Habt ihr schon eine Idee, wer es war?«, fragte er kauend.

»Ein Chemieass«, schoss es aus Ira heraus.

»Aber eines, das trotzdem sitzen bleibt«, fügte Freddy eifrig hinzu.

Herr Schulze-Kiefer nickte. Das war auch seine Vermutung gewesen: Ein Schüler oder eine Schülerin glaubte, eine oder mehrere schlechte Klassenarbeiten geschrieben zu haben. Wahrscheinlich ging es um alles oder nichts. Um das Abitur, um eine Versetzung, um einen Schulverweis.

Dem Therapeuten fiel ein, dass er Nachbar Zogel

um eine Liste hatte bitten wollen. Eine Liste mit Schülern, deren Versetzung auf der Kippe stand.

»Wartet mal.«

Er ging zum Telefon, wählte und stellte laut. Es tutete dreimal, dann nahm Nachbar Zogel ab.

»Dr. Zogel am Apparat.« Nachbar Zogels Stimme erinnerte Herrn Schulze-Kiefer immer an seinen Sachbearbeiter vom Finanzamt, wenn der ihn fragte, ob er 235,12 oder 235,13 Euro für den Praxisraum in seiner Wohnung ausgebe.

»Der Nachbar hier. Sagen Sie, wäre es möglich, mir eine Liste mit den Noten aller Schüler zu geben, die schlechter als vier stehen?«

»Praktisch gesehen Ja«, antwortete der Schuldirektor. »Im Hauptcomputer sind die Leistungsstände aller Schülerinnen und Schüler eingetragen. Warum?«

»Na, wegen der Sache mit den verbrannten Heften.«

»Die Angelegenheit ist geklärt, Herr Schulze-Kiefer.«

»Das sehe ich anders.«

»Nun gut.« Zogels Stimme wurde schärfer. »Und wie kommt es, dass keine Klassenarbeiten mehr verbrannt werden, seit Ira der Schule verwiesen wurde?«

»Das liegt doch auf der Hand«, entgegnete Herr Schulze-Kiefer ruhig.

»Ach ja?«

»Ja. Wissen Sie, Herr Nachbar, wenn wir ganz

ehrlich sind, ist es doch folgendermaßen, zumindest meiner Meinung nach, und Sie haben mich ja damals um Rat gefragt …«

Herr Schulze-Kiefer versuchte, Zeit zu gewinnen. Er wollte wissen, was Ira da auf seinen Schreibblock kritzelte. Ohne das Geschriebene vorher zu prüfen, las er es einfach ab.

»Der Heftebrenner glaubt, dass seine Versetzung nicht mehr gefährdet ist.«

Der Therapeut blinzelte Ira verschwörerisch zu.

»Ja«, flüsterte Freddy seiner Schulter genervt zu. »Die ist schlau. Wie oft willst du das noch sagen, Sparbirne?«

Leider hatte Nachbar Zogel ein gutes Gehör.

»Ist die kleine Nervensäge bei Ihnen?«

»Freddy Blumenau?«

»Genau den meine ich.« Zogel klang ungewohnt wütend, fand Herr Schulze-Kiefer. Ob der Schuldirektor am Ende gar nicht so ganz von Iras Schuld überzeugt war? Warum war es ihm sonst so unangenehm, über die Sache mit den beschädigten Heften zu reden?

»Nun gut. Das Gespräch ist für mich beendet. Richten Sie Freddy bitte aus, dass ich auf den Besuch seiner Mutter morgen ausdrücklich bestehe. Auf Wiederhören.«

Er legte auf.

Freddy blickte bedrückt auf den Boden.

»Er hätte uns die Liste sowieso nicht gegeben«, versuchte Ira ihn aufzuheitern. »Wegen Datenschutz.«

Freddy nickte kaum merklich mit seinem Kopf. Ihm brannte etwas anderes auf der Seele, das wusste Herr Schulze-Kiefer.

Seine Mutter, die er als Therapeut regelmäßig besuchte, seit er Freddys Jacke vorbeigebracht hatte, war nicht davon abzubringen: Sie wollte noch diese Woche zu Schuldirektor Zogel gehen. Herr Schulze-Kiefer hielt das für verfrüht. Sie war noch nicht so weit. Erst gestern hatte er im Rahmen ihrer Verhaltenstherapie ein Café mit ihr besuchen wollen. Doch vor der Eingangstür des Cafés hatte sie wieder kehrtgemacht. Freddys Mutter beschlich unablässig die Angst, sich lächerlich zu machen, vor anderen Menschen die Kontrolle zu verlieren. So, wie es ihr vor vier Monaten passiert war. Bei einem Auftritt ihres Chors war sie wegen einer schweren Erkältung ohnmächtig geworden und in die Bühnendekoration gefallen. Ein riesiger Pudding aus Schaumstoff. Viele Zuschauer hatten lachen müssen, bis Sanitäter sie von der Bühne trugen. Jetzt überkam Freddys Mutter, die immer schon ein ängstlicher Mensch gewesen war, unentwegt die Furcht, wieder ohnmächtig zu werden. Sie geriet in Panik, wenn sie nur daran dachte, in den

Supermarkt zu gehen, ins Café, auf die Straße. Deswegen blieb sie zu Hause. Nur dort fühlte sie sich sicher.

»Deine Mutter macht Fortschritte«, sagte er zu Freddy. »Sie sind klein, aber wenn sie weiter an sich arbeitet …«

»Warum muss sie denn an sich arbeiten?«, wollte Ira wissen.

Herr Schulze-Kiefer schwieg. Freddy musste selbst entscheiden, was er von dem Geheimnis preisgeben wollte, das er bisher so gut gehütet hatte.

»Rausgehen«, brummte Freddy leise. »Meine Mutter traut sich nicht, aus der Wohnung zu gehen. Deswegen kriegt sie das mit der Aufsichtspflicht auch nicht mehr hin.«

Ira hob ihre Hand. Sie wollte sie Freddy wohl zum Trost auf die Schulter legen, aber dann verließ sie der Mut.

»Dann ist deine Mutter verrückt und nicht du«, stellte sie stattdessen zaghaft fest.

Freddys Augen wurden augenblicklich dunkel vor Zorn.

»Meine Mutter ist nicht verrückt!«

Iras Augen verengten sich, wie immer, wenn sie sich bedroht oder angegriffen fühlte, zu kleinen Schlitzen. Schnell erhob Herr Schulze-Kiefer seine Stimme, was er selten tat, weswegen es dann umso besser wirkte.

»Die Sprechstunde bei Nachbar Zogel ist Sache der Erwachsenen. Ihr kümmert euch um den Heftebrennerfall. Und ich fürchte, ihr müsst selbst herausfinden, wer gut in Chemie ist und trotzdem auf der Kippe steht.«

»Wir sollen an den Hauptcomputer? Wie denn? Ich darf die Schule nicht einmal betreten!«, schimpfte Ira.

»Dann mach ich's eben«, moserte Freddy. »Können wir jetzt gehen?«

Herr Schulze-Kiefer nickte. »Die Stunde ist um.« Er blickte auf seine Uhr. »Na ja. Fast.«

Ira wollte nach dem Gläschen mit der Heftebrennerlösung greifen.

»Das bleibt hier«, sagte Herr Schulze-Kiefer bestimmt. »Ich mag euch lieber ohne Loch in der Mitte.«

Ira kicherte und ging dann mit Freddy hinaus.

»Das mit deiner Mutter meinte ich nicht so«, hörte der Therapeut Ira noch sagen.

»Lass mal«, winkte Freddy ab. »Wollen wir noch ein Eis essen?«

Ira strahlte. »Ja. Ich sag meiner Mutter, sie soll mich später abholen.«

Herr Schulze-Kiefer stand am Fenster und sah ihnen nach, wie sie den Rußheider Weg in Richtung Prießallee entlanggingen.

Er erinnerte sich daran, wie er einmal ein Mädchen aus seiner Schule gefragt hatte, ob sie mit ihm ein Eis essen wolle. Katja. Sie war eine riesengroße Bohnenstange gewesen und hatte Ja gesagt. Herr Schulze-Kiefer war eine Stunde früher losgegangen, um den besten Tisch zu ergattern. Ein runder, kleiner Tisch am Fenster, direkt neben einer quietschgrünen, künstlichen Palme.

Katja war nicht gekommen. Er hatte trotzdem Eis gegessen, vier Schoko-Nuss-Becher hintereinander. Manchmal machte er das immer noch. Von wegen Schilddrüse.

Wie er da so am Fenster stand und sich erinnerte, zwickten seine Pobacken. Er sah nach hinten. Sein Stuhl steckte an seinem Hintern fest. So konnte es nicht weitergehen.

Herr Schulze-Kiefer watschelte mit dem Stuhl am Po und 113 Kilos am Leib zu seinem Schreibtisch und setzte sich. Er griff in seine Schublade, nahm alle Knusperflakesschokoladentafeln heraus und stapelte sie übereinander. Es waren bestimmt fünfzehn Stück.

Herr Schulze-Kiefer öffnete das Gläschen, das Ira dagelassen hatte, und benetzte mit der Pipette die oberste Tafel. Der Schokoladenberg schmolz augenblicklich.

Freddy gibt auf

Der Hauptcomputer war bestimmt die Kiste, an der Frau Ramirez-Losada saß, die Schulsekretärin. Sie kam aus Ecuador und sprach vier Sprachen. Eigentlich war sie Ingenieurin, aber die Arbeit an der Schule schien ihr trotzdem Spaß zu machen. Zumindest lächelte sie viel und ging so schwungvoll auf ihren Stöckelschuhen, als wollte sie sich abstoßen und in die Luft fliegen. Leider saß Frau Ramirez-Losada meistens, und zwar vor ihrem Computer. Wie sollte Freddy sie bloß von da weglocken? Fürs Weglocken hätte er seine Kumpels gut gebrauchen können, aber die mieden ihn, seit er auf dem Schulhof Dünnpfiffdrücker zu ihnen gesagt hatte. Ira durfte die Schule nicht mehr betreten. Und Frau Tieks war nett, aber Lehrerin. Sie würde ihm sicher nicht helfen.

»Mach dir nicht solche Sorgen.«

Seine Mutter strich ihm übers Haar. Er hatte sie für einen Moment komplett vergessen. Jetzt, da sie das mit den Sorgen sagte, begann er sofort, sich Sorgen zu machen. Um sie. Seine Mutter schwitzte und bestimmt lag ihre Angstskala bei zehn.

»Ich blamiere dich schon nicht«, wollte sie ihn beruhigen.

»Ich habe keine Angst, dass du mich blamierst«, sagte Freddy. Es war ihm wirklich schnurzegal. Freddy hatte bloß Schiss, dass seine Mutter vor Angst tot umfiel. Er hakte sich fest bei ihr ein und war froh, dass er nachmittags nicht zu Jobekes Magie-AG gegangen war, sondern sie daheim abgeholt hatte. Die AG fand er sowieso beknackt. Das Frettchen konnte bloß eine paar langweilige Tricks, und wenn einer von ihnen sich mal eine Spitzennummer ausgedacht hatte, meckerte er daran herum.

»Was macht eure Suche nach dem Heftebrenner?«, fragte seine Mutter, als sie den Schulhof betraten. Sie hatte ihren neuen blauen Sommermantel an, den sie übers Internet bestellt hatte. Die Haare hatte sie sich hochgesteckt.

»Geht so.« Freddy wollte nicht darüber reden. Immerhin hatte er vor, an den Hauptcomputer seiner Schule zu gehen. Nur so konnte er dem Chemieass, das Angst hatte, sitzen zu bleiben, auf die Spur kommen.

»Ich möchte Ira mal kennenlernen.«

»Sie werden begeistert sein«, quatschte der Wurm los.

»Sie hört dich nicht.« Freddy sah augenrollend seine Mutter an. »Das Babyspielzeug brabbelt wieder.«

»Babyspielzeug?!« Der Wurm stierte ihn mit hochroter Sparbirne an. Dann blitzte es aus seinem Kopf heraus und knallte, als wäre eine Sicherung durchgeschmort.

»Na?« Der Wurm schüttelte seine durchgeknallte, erste Kugel. »Kann das ein Babyspielzeug?«

»Wenn's defekt ist«, vermutete Freddy.

»Vielleicht habe ich mich in Ira getäuscht«, sagte der Wurm beleidigt. »Sie will uns trennen. Auf dem Spielzeugkatalog war ein Wurm, na gut. Aber glaubst du, die Babyspielzeuge aus dem Katalog sind so faszinierend wie ich? Und können reden? Witzig sein? Sich auf deiner Schulter festhalten, wenn du von null auf tausend beschleunigst?«

Das stimmte natürlich. Aber Freddy hatte im Moment keine Lust, sich mit dem Wurm zu unterhalten. Viel lieber hätte er mit Ira darüber geredet, wie sie das mit dem Computer anstellen könnten. Am besten bei einem Karamellbecher spezial. Ira fand Karamell genauso super wie er.

Freddy sah zur Seite, am Wurm vorbei. Seine Mutter war nicht mehr bei ihm eingehakt. Er blickte nach hinten. Sie stand zehn Schritte von ihm entfernt und bewegte sich keinen Zentimeter. Ihre Arme hielt sie angewinkelt und ganz steif, fast so, als wäre sie plötzlich eingefroren. Freddy raste zu ihr. Seine Mutter guckte wie ein Kaninchen vorm Hackebeil. Trotzdem versuchte sie zu lächeln. Ihre Unterlippe zitterte dabei.

»Ich mache mich nur noch mal frisch.«

Sie nahm ein Taschentuch aus ihrer Handtasche und tupfte sich den Schweiß von der Stirn. Ihre Hand hatte sie zur Faust geballt, die Knöchel waren ganz weiß.

»Keine Angst, ich bin höchstens bei einer Sieben.« Sie atmete einmal tief durch und lächelte wieder. Diesmal zitterte ihr Mund nicht mehr.

Eine Sieben war keine Zehn, das war mal klar.

Sie erreichten das Schulgebäude und gingen durch die schwere Haupttür hinein. Lautstark fiel sie hinter ihnen ins Schloss. Seine Mutter schrie erschrocken auf. »Alles gut, Mama«, versuchte Freddy sie zu beruhigen und führte sie am Arm vor Dr. Zogels Büro.

Er hoffte so sehr, dass sie auch hineingehen werde. Seine Mutter hatte versprochen, den Schuldirektor auf Ira anzusprechen. Ira ging seit gestern auf eine Hauptschule. Ihre Mitschüler waren nicht ganz so fies wie die drei Mädels, aber sie schnitten Ira, weil sie so viel wusste. Und das, was sie im Unterricht lernten, konnte Ira schon seit der dritten Klasse. Sie musste da weg.

Svennie lief im ansonsten leeren Schulflur an ihnen vorbei. Er sah völlig fertig aus.

»Ich hasse Schule, ich hasse, hasse, hasse sie!«, murmelte er aufgebracht. Er tat Freddy leid. Svennie war fürs Lehrersein ungefähr genauso geeignet wie Frettchen Jobeke fürs Nettsein.

»Sie müssen doch nicht Lehrer werden«, wollte er Svennie aufmuntern. »Es gibt viele andere schöne Berufe.«

Der Referendar funkelte ihn an, als wolle er explodieren wie das lila Natriumgemisch, das eigentlich nicht explodieren sollte.

»Dich hat niemand gefragt!« Er marschierte weiter.

»Die Nerven«, sagte seine Mutter.

Die Nerven, dachte Freddy, als er bemerkte, wie die Hände seiner Mutter anfingen zu zittern. Händezittern war ein ganz schlechtes Zeichen.

Seine Mutter hakte sich von Freddy aus und klopfte fest an Dr. Zogels Bürotür.

»Herein, bitte!«, hörten sie den Schuldirektor rufen.

Freddys Mutter öffnete die Tür einen Spaltbreit. Dann rührte sie sich nicht mehr. Ihr ganzer Körper zitterte jetzt, als stände sie auf einer Gletscherscholle am Nordpol, und zwar im Sommerkleid.

»Schubs mich. Los. Eins, zwei, drei ....«

Freddy schubste sie. Seine Mutter knallte gegen die Tür. Die öffnete sich und sie stolperte direkt in Dr. Zogels Arme. Der Schuldirektor fing sie auf und wurde etwas lilafarben. Sonst war er immer kalkweiß.

»Nun gut«, stotterte er.

Freddys Mutter drehte sich lächelnd zu Freddy um.

»Bis später, mein Schatz.«

Seine Mutter würde es schaffen, das wusste er.

Freddy schlenderte den Schulflur entlang. Jetzt musste er nur noch Frau Ramirez-Losado vom Schulcomputer loseisen. Aber wie? Er grübelte und grübelte, aber ihm fiel nichts Schlaues ein. Bis er am Getränkeautomaten vorbeikam. Der hatte seit Neuestem leckeren Bio-Eistee.

Das war es. Von wegen loseisen.

Freddy kaufte eine Flasche Eistee, eine heiße Brühe und eine Flasche Apfelschorle. Mehr Geld hatte er nicht. Er klemmte sich jeweils eine Flasche unter den Unterarm und balancierte die Brühe in seinen Händen vorsichtig Richtung Frau Ramirez-Losado.

Die Tür zu ihrem Büro stand offen. Sie stand immer offen.

»Behandle sie wie eine Dame«, riet ihm der Wurm. »Und fall nicht wie sonst gleich mit der Tür ins Haus.«

»Ich mach das schon, Sparbirne.«

»Wer's glaubt. Ohne mich bist du doch aufgeschmissen.«

»Mann!«, schimpfte Freddy. »Du bist überhaupt nicht da!«

Der Wurm sah ihn wie vor die Sparbirne geschlagen an.

Freddy schob sich ins Sekretariat hinein.

»Hallo Freddy!«, begrüßte ihn die Sekretärin fröhlich und flüsterte dann: »Ist deine Mutter nicht heute bei …?«

Sie zog ihre Augenbrauen nach oben und deutete mit dem Kopf in Richtung des Schuldirektorbüros.

Freddy nickte kurz. Die Brühe zwischen seinen Fingern fühlte sich mittlerweile sehr heiß an. Frau Ramirez-Losada zeigte auf seine Hände.

»Du scheinst aber Durst zu haben.«

»Ich trinke immer sehr viel.«

»Aha?« Frau Ramirez-Losado tippte etwas in ihren Computer. Der Wurm machte sich ein Stück länger und beobachtete neugierig ihre rot lackierten Finger, die blitzschnell über die Tastatur flogen.

»Ja.« Freddy setzte sich und stellte die Brühe und die beiden Flaschen auf dem Schreibtisch der Sekretärin ab. »Wenn man nicht genug trinkt, altert man schneller.«

Frau Ramirez-Losado sah augenblicklich auf. Das mit dem Altwerden passte ihr nicht. Freddy musste dranbleiben.

»Das Gehirn verkalkt schneller. Die Haut wird trocken und das macht Falten. Leute, die nicht viel trinken, sehen mit fünfzig aus wie achtzig. Verschrumpelt von oben bis unten.«

Das mit den Falten hatte er aus einer Frauenzeitschrift.

»Sag ihr doch gleich, dass sie aussieht wie eine Schrumpelkartoffel!«, motzte der Wurm.

Frau Ramirez-Losado blickte Freddy betreten an. Dann schielte sie auf den pechschwarzen Kaffee in ihrer Tasse.

»Kaffee zählt nicht.« Freddy versuchte, streng zu klingen. »Kaffee trocknet den Körper aus. Wie viel Kaffee hatten Sie heute schon, Frau Ramirez-Losado?«

»Vier Tassen«, gab die Sekretärin zu.

Freddy guckte schockiert. Er stellte sich dabei vor, seine Geschichtslehrerin Frau Bokermann mit dem Schnurrbart hätte ihm gerade gesteckt, dass sie in ihn verknallt war.

»Aber Sie haben viel Wasser getrunken, oder?«, fragte er. Frau Ramirez-Losado sah stumm auf ihre roten Fingernägel.

»Nicht mal ein Glas?!« Freddy tat so erschrocken, als wollte ihn die Bokermann jetzt auch noch heiraten. »Dann müssen Sie heute noch mindestens zwei Liter trinken! Ich geb Ihnen meine Apfelschorle. Aber erst die Brühe. Salze sind sehr wichtig.«

Er reichte Frau Ramirez-Losado den Becher.

»Ha, mit der trüben Brühe kommst du nie an den Computer«, lachte der Wurm. Er machte sich lang, sehr lang und sah sich auf Frau Ramirez-Losados Schreibtisch um. Dann sprang er, wieder in normaler Länge, auf Freddys Schulter auf und ab.

»Ich haaabe es, ich haaaabe es!«, quietschte er.

Freddy war aus dem Konzept. »Was soll der Quatsch?«, fragte er verwirrt.

Frau Ramirez-Losado nahm die Hand von der Brühe. »Du hast recht. Ich kann mir ja auch selbst eine kaufen.«

»Nein, nein, ich meinte nicht sie. Ich ... Ach, egal.« Freddy wies mit dem Zeigefinger auf den Becher. »Runter damit.«

Frau Ramirez-Losada schlürfte die Brühe mit kleinen, schnellen Schlucken.

»Tut gut, oder?«, fragte Freddy die Sekretärin. »Und jetzt die Apfelschorle.«

Frau Ramirez-Losado schenkte ihnen beiden ein Glas Apfelschorle ein. Freddy trank es in einem Zug aus.

»Den Eistee gleich hinterher. So sollten Sie das immer machen, Frau Ramirez-Losado. Bis dann!« Er stand auf.

»Bis dann, mein Retter«, seufzte die Sekretärin, hielt ihre Hand vor den Mund und rülpste leise.

Freddy verließ ihr Büro, schlich zu Schuldirektor Zogels Büro und lauschte. Er hörte leise Stimmen.

Das Ganze klang nach einem normalen Mutter-Direx-Gespräch.

Jetzt hieß es warten.

Freddy stromerte den Flur entlang und kam am Lehrerzimmer vorbei. Die Tür war angelehnt, aber Freddy hörte keinen Mucks. Das war merkwürdig, denn normalerweise redeten sich die Lehrer in ihren Pausen die Köpfe heiß. Er schielte durch den Türspalt. Die Lehrer saßen über roten DIN-A4-Heften.

»Alles nur Pfusch«, murmelte die Bokermann.

»Genau. So husch, husch können wir die Leistungen unserer Schüler doch nicht bewerten.« Der Jünnemann drehte sich kopfschüttelnd eine Zigarette.

»Und überhaupt: Dass immer alles von diesen blöden Arbeiten abhängt!«, beschwerte sich Frau Tieks. Die beiden schaukelten sich so richtig hoch.

»Das ganze Schulsystem stimmt nicht!«, rief der Jünnemann.

»Immer dieses Bewerten, Benoten, Bestrafen!«, rief Frau Tieks.

Die anderen Lehrer guckten sie erstaunt an. Vielleicht hatten die zwei ja die Hefte verbrannt?, überlegte Freddy. So als Gangsterpärchen, wegen des Schulsystems und so. Freddy fiel ein, dass der Jünnemann und Frau Tieks bald ein Baby kriegten.

Da wollten sie ganz bestimmt nicht ihre Jobs verlieren.

Frettchen Jobeke räusperte sich lautstark. »Das ist übrigens Ihre Arbeitszeit hier. Und kein Plauderstündchen.«

»Man wird ja wohl noch seine Meinung sagen dürfen.« Frau Tieks stand auf und streckte sich. Freddy sah ihren runden Bauch. Er hoffte, dass das Baby nicht so einen kleinen Stupser im Gesicht wie der Jünnemann kriegen würde. Es sollte lieber eine schöne große Nase haben.

KLACK, KLACK hallte es über den Flur.

Freddy dreht sich um. Frau Ramirez-Losado stöckelte über den Schulgang. Kaffee wegbringen, wie seine Mutter manchmal sagte. Nur dass es hier Brühe, Eistee und Apfelschorle waren. So oder so, die Blase der Sekretärin war randvoll und die Schultoilette oben im zweiten Stock.

»Ran an die Kiste!«, dachte Freddy. Er lief im Höchsttempo zum Sekretariat, drückte die Türklinke herunter und wollte hineinstürmen. Aber die Tür war abgeschlossen. Und dafür hatte er sein Taschengeld für die ganze Woche ausgegeben!

»Mist!«, schimpfte Freddy. »Mist! Mist! Scheißkackmist!!!«

»Versuch's eben an einem anderen Computer«, nölte der Wurm. »Mit dem Passwort kommst du todsicher überall rein.«

»Mit welchem Passwort?«

»Das für die Zeugniskonferenz 2013«, antwortete der Wurm.

»Ich hab aber kein Passwort«, entgegnete Freddy ungeduldig.

»Aber ich.«

»Du?«

»Ja. Ich hab ihr auf die Finger geguckt.«

»Und da hast du das Passwort gesehen.« Freddy glaubte der Sparbirne kein Wort.

Der Wurm nickte.

»Dann sag mal: Wie heißt es?« Er war jetzt doch neugierig.

»Langsam, langsam, Kleiner. Glaubst du eigentlich immer noch, dass ich gar nicht da bin?« Der Wurm blitze ihn herausfordernd an.

Freddy überlegte. Der Wurm hatte vielleicht etwas gesehen, das er selbst nicht gesehen hatte. Hieß das nicht, dass es ihn gab?

»Kommt drauf an, ob du das Passwort weißt, Sparbirne.«

»Zeugkonfi613GJ«

»Ich hoffe für dich, dass es stimmt«, sagte Freddy

knapp. Er schrieb sich das Passwort auf den Arm und marschierte los.

Im Informatikraum, in dem bloß ein paar Schüler im Internet surften, gab er in alle freien Computer »Zeugkonfi613GJ« ein.

Das Passwort passte nirgends.

»Du hast dir das nur ausgedacht!«, verdächtigte er seinen Wurm.

»Wenn du so schnell aufgibst.«

Vielleicht sagte die Sparbirne doch die Wahrheit? Freddy beschloss, es weiter zu versuchen. Am besten gleich am Computer im Lehrerzimmer. Die Lehrer mussten die Noten schließlich eintragen.

Die Lehrer brüteten immer noch über den Heften mit den roten Umschlägen. Nur Frettchen Jobeke nicht. Er hatte seine Ellbogen aufgestützt und las in einem Buch. Er sah dabei aus wie ein Streber, der nicht wollte, dass man bei ihm abschreibt. Frau Bokermann schielte ihm neugierig über die Schulter. Jobeke gefiel das gar nicht. Er stierte sie böse an und dann stierte er Freddy an, und zwar noch böser.

»Warum warst du nicht in meiner Magie-AG?«, fragte er scharf.

»Ich musste mit meiner Mutter zum Schuldirektor.«

Das Frettchen schien sich damit zufriedenzugeben.

Freddy steuerte, als wäre es nichts, auf den einzigen Computer zu und drückte auf die linke Maustaste.

›Passwort eingeben‹ erschien auf dem Monitor.

»Was machst du da?«, hörte er Jobeke fauchen.

»Der Drucker im Informatikraum spinnt. Ich soll hierhin.«

»Und wofür sollst du etwas ausdrucken?«

»Für Bio«, log Freddy. »Ich muss ein Referat über Warzenschweine halten.« Freddy wusste nicht einmal, ob es Warzenschweine wirklich gab.

»Warzenschweine?« Jobeke schien ihm kein Wort zu glauben.

Einige andere Lehrer guckten ebenfalls verwundert auf.

Freddy beschloss, Fakten sprechen zu lassen.

»Ja. Ihr Fleisch ist ungenießbar.«

Warzenschweine waren sicher zu eklig, um gegessen zu werden. Das sagte allein der Name.

Jobeke musterte ihn noch einmal von oben bis unten und las dann weiter in seinem Buch.

Freddy gab schnell das Passwort ein. Die Noten aller Schüler erschienen. Er zog den Curser der Maus auf »Drucken«. Der Drucker ratterte los und druckte Seite um Seite. Es dauerte eine halbe Ewigkeit. Freddys Herz klopfte ihm bis zum Hals.

Vorsichtig sah er sich um. Keiner interessierte

sich für ihn. Er schnappte sich den Ausdruck, aber als er mit dem Stapel Papier schon fast an der Tür war, sprang Jobeke blitzschnell von seinem Stuhl auf, schnitt Freddy den Weg ab und riss ihm die Blätter aus der Hand. Freddys Herzschlag kam ihm fast aus den Ohren heraus.

»Leben in Afrika …« Das Frettchen blätterte auf die zweite Seite. »Können sogar Leoparden vertreiben … wegen ihres Fleisches gejagt …« Er blickte misstrauisch auf. »Hast du nicht eben gesagt, ihr Fleisch sei ungenießbar?«

»Ich, ich … muss eben noch recherchieren«, stotterte Freddy.

Jobeke spähte ihm tief in die Augen. Freddy versuchte, cool zu gucken und nicht zu blinzeln. Das mit dem Nichtblinzeln klappte aber nur, wenn er die Lippen fest zusammenpresste, was bestimmt überhaupt nicht cool aussah.

Frau Bokermanns lautes Lachen dröhnte zu ihnen herüber.

»Sie halten sich für doof, Herr Jobeke?«, gluckste sie.

Der Kopf des stellvertretenden Direktors drehte sich abrupt in ihre Richtung. Frau Bokermann wedelte mit dem Buch, das Jobeke vorher zwischen seinen Ellbogen versteckt hatte.

»Zaubern für Doofe.« Frau Bokermann hielt den Buchtitel in die Höhe. Freddy kicherte, was Jobeke zum Glück nicht hörte, denn die anderen Lehrer lachten viel lauter.

In Windeseile schnappte sich Jobeke sein Buch zurück. In der anderen Hand hielt er immer noch die Blätter mit den Noten aller Schüler.

»Entschuldigen Sie.« Freddys Augenlider blinzelten heftig, aber das war ihm jetzt egal. »Ich brauche meine Ausdrucke fürs Referat.«

Er nahm Jobeke den Papierstapel aus den Händen.

»Streng dich an bei deinem Referat«, stänkerte das Frettchen. »Möglicherweise bist du ja bloß verrückt und nicht auch noch blöd.«

Das saß, und wie, aber Freddy grinste den Lehrer breit an. Er wollte sich vor diesem fiesen Typen nichts anmerken lassen.

»Möglicherweise lassen Sie gerade Ihren Frust an einem Schüler aus«, mischte sich Frau Tieks ein.

Freddy hätte sie küssen können, genau wie Frau Bokermann eben, aber er musste machen, dass er wegkam.

»Schönen Tag noch!«, rief er den Lehrern im Rausgehen zu.

Draußen im Flur blickte er stolz auf seinen Papierstapel. Obenauf war ein merkwürdiges Tier mit einem riesigen Kopf und zwei großen Hauern am Maul zu sehen.

Er hatte nicht nur die Noten, sondern auch drei Seiten eines Artikels über Warzenschweine ausgedruckt.

Im Chemieraum, den Svennie wie immer aufgelassen hatte, verkrümelte Freddy sich mit den Papieren in eine Ecke. Zuerst wollte er alle Schüler markieren, die gut in Chemie waren.

Er hatte die ersten drei Notenlisten durch und kein einziges Chemieass gefunden, als er eine Sirene hörte. Freddy lief zum Fenster. Ein Notarztwagen hielt auf dem Schulhof. Zwei Sanitäter rannten heraus.

»Oweia!«, sagte der Wurm.

Freddy sagte nichts.

Er wartete, bis die Sanitäter wiederkehrten. Eine Frau lag auf der Bahre. Sie trug einen blauen Sommermantel, hochgesteckte Haare und ihre Augen waren geschlossen. Dr. Zogel hielt die Hand der Frau und sah hoch, direkt in Freddys Augen. Der Schuldirektor versuchte zu lächeln. Es sah ganz schief aus.

Als Freddy neben Dr. Zogel im Krankenwagen auf seine ohnmächtige Mutter blickte, sackte seine rechte Schulter nach unten. Wenigstens jetzt könnte sein Wurm ein bisschen netter sein und sich nicht noch schwer machen, dachte er sauer und sah zur Seite. Aber auf seiner Schulter oder besser gesagt auf der zweiten und dritten Wurmkugel lag die Hand von Dr. Zogel. Die Sparbirne versuchte die Hand abzuschütteln, aber sie blieb, wo sie war. Freddy lächelte, aber nur eine Millisekunde lang.

Es gab ja nichts zu lächeln.

Seine Mutter hatte in Zogels Büro eine schlimme Angstattacke bekommen. Sie hatte geschwitzt und so heftig nach Luft geschnappt, bis sie ohnmächtig geworden war. Die Sanitäter hatten ihr ein Beruhigungsmittel gegeben, von dem sie jetzt tief und fest schlief. Freddy hoffte, dass sie lange schlafen würde. Und all das war seine Schuld. Wäre er bloß nicht so frech zu Dr. Zogel gewesen.

Er hasste sich selbst.

Im Krankenhaus gaben sie seiner Mutter noch ein Schlafmittel. Dr. Zogel nahm Freddy mit zu sich nach Hause und rief seinen Vater an. Es war ein kurzes Gespräch. Freddys Vater wollte nicht nach Hause kommen, weil kein anderer Toningenieur für ihn einspringen konnte. Immerhin spielte die Band, für die er den Ton machte, vor 60.000 Leuten. Sein Vater klang komisch, als er Freddy das alles erklärte, so, als würden sie gar nicht zu einer Familie gehören.

Dr. Zogels Frau bezog für Freddy ein Bett. Sie war ein bisschen mollig, aber für die Frau des Schuldirektors war sie ganz schön hübsch. Vor dem Schlafengehen nahm sie Freddy fest in den Arm und säuselte, dass er ein tapferer Junge sei und dass alles gut werden würde. Die Umarmung gefiel Freddy, aber das Gesäusele nicht.

Von wegen alles wird gut.

Er versuchte einzuschlafen, aber es klappte nicht. Als sein Handy klingelte, kriegte Freddy einen Schreck. Einen Freudenschreck. Es war sein Vater, ganz sicher. Er würde doch kommen, da konnte seine Band vor 6 Millionen spielen.

Aber es war nur Ira.

»Du rufst gar nicht an. Bist du an die Liste gekommen?«, fragte sie ungeduldig.

»Ja«, antwortete Freddy enttäuscht. »Ich hab sie aber im Chemieraum vergessen.«

»Was? Bist du verrückt?«, rief Ira.

Ein Schmerz schoss durch Freddys Körper, spitz und scharf wie ein echter Indianerpfeil.

»Ja«, sagte Freddy, »bin ich.« Er schaltete sein Handy aus und schloss seine Augen. Er wollte nichts mehr sehen und hören. Sein Vater, der Heftebrenner, Ira, sogar seine Mutter, alle konnten ihm gestohlen bleiben.

»Ich bin ja noch da«, sagte der Wurm. Freddy öffnete die Augen wieder. Er sah seinen Wurm an und fühlte sich nicht besser. Was hatte die Sparbirne ihm schon gebracht?

Als Spinner mit Wurm fühlte er sich noch mehr allein.

Allein unter Mädels

Ira hatte etwas Neues gelernt. Chemieasse sind immer gut in der Schule. Wer eine Eins in Chemie hat oder auch eine Zwei, steht nicht vorm Sitzenbleiben und hat damit auch keinen Grund, Klassenarbeiten zu verbrennen.

Die Liste mit den Noten aller Schüler, die vor Ira auf dem Schreibtisch lag, brachte sie nicht weiter. Sie hatte noch immer keinen Tatverdächtigen und würde für alle bis in alle Ewigkeit die verrückte Heftebrennerin bleiben.

Wie sollte sie den Täter nur finden? Und das ganz allein? Freddy Blumenau hatte sie sitzen lassen. Er war eben doch wie alle anderen.

In ihrer neuen Schule fielen heute die ersten drei Stunden aus. Ira hatte die Gelegenheit genutzt und war zu ihrem alten Gymnasium gefahren, um an die Liste mit den Noten aller Schüler zu kommen. Mitten in der zweiten Stunde, als alle im Unterricht saßen, hatte sie die Schule betreten. Im Chemielabor, das wie fast immer offen stand, war ihr in einer Ecke gleich der Papierstapel aufgefallen. Eilig war sie damit in den Schulflur gerast, wo Svennie gerade um die Ecke bog, und zwar so rasant, dass er und Ira zusammenstießen. Er hatte wohl gerade eine Freistunde. Hefte mit roten Umschlägen segelten zu Boden.

Ira fand, dass heruntergefallene Klassenarbeiten nun wirklich kein Weltuntergang waren, aber der Referendar rastete aus. Er kickte die Hefte in alle Richtungen, als wären es Fußbälle, und presste dabei die Lippen aufeinander, so, als wolle er verhindern, laut loszuschreien.

Ira blieb ganz ruhig und hob ein Heft nach dem anderen auf. Svennie hörte auf zu kicken, betrachtete Ira eine Weile beim Aufsammeln und half ihr schließlich.

»Entschuldigung. Tut mir wirklich leid, Ira«, murmelte er.

»Nicht so schlimm«, entgegnete Ira.

»Es wird mir einfach zu viel.« Beschämt guckte der Referendar auf die roten Hefte.

»Was? Klassenarbeiten korrigieren?«

In Iras Kopf begann es zu rattern. War Svennie der Heftebrenner? Die Lösung hätte er ohne Probleme herstellen können. Svennie war ein Chemiefan, in Nawi unterrichtete er praktisch nichts anderes. Aber warum sollte er die Hefte aller Schüler verbrennen?

Kam er vielleicht mit dem Korrigieren nicht nach? Oder hatte er Arbeiten falsch korrigiert?

»Wird Ihnen das Korrigieren zu viel?«, wiederholte sie ihre Frage, weil Svennie schweigend auf den Boden starrte. Stand er kurz vor einem Geständnis?

»Werden in Chemie denn so viele Klausuren geschrieben?« Sie versuchte so beiläufig wie möglich zu klingen. Endlich antwortete Svennie. Seine Lippen zitterten dabei.

»Nein. Klausuren gibt es in meinen Fächern ja nur in der Oberstufe. Und Korrigieren macht mir sogar Spaß.«

»Was ist Ihnen dann zu viel?«

»Ihr seid mir zu viel. Ihr Schüler. Keiner hört mir zu. Jede Stunde macht ihr euch lustig über mich. Wenn ich etwas an die Tafel schreibe, werft ihr mit Kaugummis nach mir. Das macht mich fertig.«

Ira war kurz enttäuscht, auch wenn Svennie ihr leidtat. Ein Geständnis hörte sich anders an. Der Tatverdächtige, der jetzt keiner mehr war, hätte wohl lieber Schülern den Hals umgedreht als Hefte verbrannt.

»Vielleicht gefällt Ihnen ein anderer Beruf ja besser, Herr …«, Ira fiel sein Nachname nicht ein.

»Herr Stieghorst«, half ihr Svennie.

»Herr Stieghorst. Werden Sie doch irgendwas mit Chemie. Davon verstehen Sie schließlich etwas.«

Svennie schien einen Moment darüber nachzudenken. Dann schielte er auf den Papierstapel in ihren Händen.

»Was machst du eigentlich hier? Du gehst doch jetzt auf eine andere Schule.«

»Ich musste noch Sachen holen«, schoss es aus Ira heraus. »Ein paar Artikel, die ich im Computerraum vergessen hab.«

Der Chemiereferendar sah erstaunt auf die erste Seite.

»Warzenschweine?«

»Warzenschweine sind so faszinierend. Wussten Sie, dass sie DER Fleischlieferant von morgen sind?« Ira betonte das ›der‹, damit er nicht so auf den Rest achtete.

»Bisher nicht«, antwortete der Referendar etwas zerstreut und ging weiter. Dann drehte er sich noch einmal um.

»Ira?«

»Ja?«

»Du bist ein so nettes und kluges Mädchen. Verbrenn doch bitte keine Hefte mehr. Ja?«

Was sollte sie darauf sagen?

Ira eilte zum Ausgang. Erst jetzt fiel ihr auf, dass die Pause bereits begonnen hatte. Angestrengt versuchte sie, niemandem ins Gesicht zu sehen und gleichzeitig auf der Hut zu sein. Sicher fragten sich auch alle anderen, was sie, die Heftebrennerin, hier machte.

Ira war auf dem Schulhof angekommen. Gleich war sie fort von hier, gleich hatte sie es geschafft.

»Die Kokelfrau! Die Kokelfrau!«, tönte es quiekend hinter ihr. Sie erkannte die hohe Stimme von Franziska. Ira drehte sich um: Klara und Franziska schrien, so laut sie konnten. Weitere Kinder stimmten mit ein.

»Jetzt gibt's Saures!« Klara klatschte drohend ihre Faust auf die Handfläche.

Ira blickte ängstlich von ihr zu Birte, die sich bestimmt nur zu gerne rächen wollte. Schließlich hatte Ira sie im Klassenzimmer blutig geschlagen. Doch merkwürdigerweise lief Birte weg.

»Kokelfrau! Kokelfrau! Kokelfrau!«, brüllten die anderen weiter. Ira floh. Unverzüglich hörte sie Fußgetrampel hinter sich.

Wie so oft rettete sie die Schulglocke. Früher ließen die drei Mädels von ihr ab, wenn es läutete. Auch dieses Mal trotteten alle brav ins Gebäude zurück.

Am Nachmittag saß Ira nun in ihrem Zimmer und ließ, während sie über den Heftebrennerfall nachdachte, ihren Blick umherwandern. Am Papiereimer, genauer gesagt am Spielzeugkatalog mit dem Wurm darauf, blieben ihre Augen hängen. Es kribbelte in ihrem Bauch und ihr wurde warm, so, als würde sich eine leichte, unsichtbare Decke um sie legen.

Am Fall bleiben, zwang sich Ira und überlegte. Gab es denn keinen einzigen Anhaltspunkt? In Krimis fragten die Kommissare immer, ob einem mutmaßlichen Zeugen etwas Außergewöhnliches aufgefallen war. War ihr etwas aufgefallen?

Birte Kröger kam ihr in den Sinn.

Birte Kröger hatte im Klassenzimmer erstaunter als alle anderen ausgesehen, als Klara Ira die verbrannten Hefte aus der Hand gerissen hatte. Und Birte hatte sie heute Morgen auf dem Schulhof nicht gejagt. Im Gegenteil: Sie war weggelaufen. Warum bloß? Sie macht doch sonst alles, was ihre Freundinnen sagten. Wenn die drei auch vermutlich nicht mehr lange in dieselbe Klasse gehen würden. Ira wusste, dass die Versetzung des schwerfälligen Mädchens gefährdet war. Herr Jobeke hatte ihr erst neulich eine Sechs angedroht. Er hielt Birte für dumm und behauptete immer, eine Hummel hätte mehr Grips als sie. Ob er ihr wirklich eine Sechs gegeben hatte?

»Kröger, Birte«, las Ira neugierig auf der Liste, »Latein: 2.« Eine Zwei?! Ira konnte es nicht fassen. Birte meldete sich nie und schrieb nur Fünfen und Sechsen.

Irgendetwas stimmte da nicht. Und sie würde herausfinden, was das war.

Am nächsten Nachmittag radelte Ira die dicht befahrene, dröhnende Herforder Straße entlang. Seit sie auf die neue Schule ging, zu der kein Bus fuhr, durfte sie allein mit dem Rad fahren.

»Du bist nunmehr ein großes Mädchen, Ira«, hatte ihr Vater gesagt.

»Wir haben dich zu lang wie ein Babychen behandelt«, fand auch ihre Mutter.

Ira hatte zur Feier des Tages ihre rote Bluse angezogen. Die drei Mädels sollten sofort sehen, dass sie sich nicht mehr unterkriegen lassen würde. Die Haare hatte sie wie immer an den Seiten zu zwei Schnecken geflochten. Ira fand, die Frisur passte zu ihr.

In dem Hochhaus, in dem Birte wohnte, fuhr Ira in den achten Stock. Ob Freddy ihren Brief schon bekommen hatte?

An der Tür der Krögers öffnete ein Glatzkopf.

»Meine Schwester hat wohl 'ne neue kleine Freundin …« Birtes Bruder musterte sie feixend von unten bis oben, bis er an Iras Haaren angekommen war. Er hörte auf zu feixen.

»Bist du 'ne Russentusse?«

»Meine Eltern kommen rein geografisch gesehen aus Russland«, erklärte Ira, so ruhig sie konnte, »aber sie sind deutscher Herkunft und nach dem Artikel 116 des Grundgesetzes in Deutschland eingebürgert worden. Warum fragst du?«

»Weil, äh …« Der Junge glotzte sie verwirrt an.

»Ich möchte wissen, wo Birte ist«, sagte Ira sehr bestimmt.

»Die ist mit ihren Zicken unterwegs.«

Er knallte die Tür zu.

Draußen schob Ira nachdenklich ihr Fahrrad durch das Viertel. Sie hatte gehofft, Birte allein zu treffen, wollte aber nicht aufgeben.

Wo konnten die drei Mädels sein?

Ira fiel ein, dass Klara jeden Tag Kickboxen trainierte. Vielleicht sahen Birte und Franziska beim Training zu?

Sie bemerkte einen kleinen Jungen, der sie auf seinem Fahrrad mit großen Augen anstarrte.

»Weißt du, ob es hier einen Verein für Kickboxen gibt?«

Der Junge zeigte auf ihre Haare. »Darf ich mal fühlen?«

Ira beugte sich hinunter. Der kleine Fahrradfahrer fuhr mit seiner winzigen Hand vorsichtig eine ihrer

Haarschnecken entlang und lächelte. Seine Mutter kam atemlos dazu.

»Hier steckst du, Paolo!«

»Wissen Sie, ob man hier in der Nähe Kickboxen trainieren kann?«, erkundigte sich Ira bei ihr. Die Mutter nickte und beschrieb ihr freundlich und klar den Weg, sogar zweimal, obwohl Ira es schon beim ersten Mal verstanden hatte.

Ira betrat die Kickboxschule durch eine schwere Eisentür, die sich langsam hinter ihr schloss. Eine Klangwelle aus kurzen Schreien und dem Quietschen von Fußsohlen auf einem Gummiboden schwappte ihr entgegen.

Zwei Mädchen tänzelten voreinander hin und her. Ihre Hände steckten in Boxhandschuhen, die sie sich schützend vors Gesicht hielten.

Eines der Mädchen war Klara.

Klara kickte mit ihrem Bein nach rechts, um ihre Gegnerin an der Hüfte zu treffen. Das Mädchen wich ihr geschickt aus. Klara näherte sich ihr erneut mit anmutigen, kraftvollen Bewegungen. Ihr Bein schnellte wieder zur Seite und jetzt traf sie die Hüfte, ohne dem Mädchen wirklich wehzutun. Birte und Klara klatschten sich ab. Dabei bemerkten sie Ira.

»Was macht die hier?!«, brüllte Franziska.

Klara sah zu ihnen rüber und kassierte dafür einen Tritt. Wütend boxte sie mit ihrer Faust zurück, traf aber nicht.

Franziska lief sofort zu Ira. Birte zögerte etwas, schloss sich ihr dann aber an, wobei sie sich im Rücken ihrer kleinen Freundin zu verstecken versuchte.

»Was willst du denn hier?«, zischte das zarte Mädchen.

»Mit Birte über ihre Lateinnote reden.«

Franziska drehte sich um und versuchte nervös, Klara auf sich aufmerksam zu machen. Klara hatte offensichtlich ihren Kampf verloren. Missmutig stapfte die Anführerin der Mädels auf sie zu.

»Was will die?«, fragte sie knapp.

»Es geht um die verbrannten Hefte«, flüsterte Franziska.

Birte und Klara blickten ihre Freundin schockiert an. Ira musste innerlich lachen. Franziska hatte es verraten: Birtes Lateinnote hatte etwas mit den verbrannten Heften zu tun. Aber das reichte noch nicht. Ira musste mehr erfahren.

»Was weiß Birte über den Heftebrenner?«

»Halt die Klappe!«, flüsterte Klara wütend. Sie sah sich um, ob auch niemand guckte und packte Ira grob am Arm.

»Mach schon!«, rief sie Birte zu. Das kräftige Mädchen zögerte wieder kurz, nahm dann aber Iras andere Seite.

Die drei Mädels zerrten Ira die Treppe hinunter in einen Raum, in dem Matten und Seile aufbewahrt wurden. Sie drückten Ira auf einen Stuhl. Ira wollte aufstehen, aber Klara setzte zu einem Kick an, der nur knapp an ihrem Gesicht vorbeistreifte.

»Was soll das?!«, entfuhr es Ira.

»Seit wann redest du eigentlich wieder?«, fragte Klara.

»Seit ich den Heftebrenner finden will.«

»Du hast die Klassenarbeiten abgefackelt, das weiß jeder.«

Ira versuchte, wissend zu lächeln. »Die Hefte wurden nicht abgefackelt. Sie wurden mit einer chemischen Lösung zerstört.« Aus den Augenwinkeln beobachtete sie, wie Birte nervös zwischen Klara und Franziska hin und her blickte. »Du stehst in Latein auf einer zwei, Birte«, fügte Ira ruhig hinzu. »Obwohl du das ganze Jahr über nur schlechte Noten geschrieben hast. Warum gibt Herr Jobeke dir eine so gute Gesamtnote?«

Diesmal gingen Klara und Franziska nicht dazwischen. Hilflos schielten sie zu ihrer Freundin hinüber. Birte schwitzte. Ira musste sie noch mehr ins Schwitzen bringen.

»Du hast gestern als Einzige nicht Kokelfrau gerufen. Weil du weißt, dass ich die Hefte nicht verbrannt habe. Weil du weißt, WER die Hefte verbrannt hat.«

Sie versuchte, unerbittlich zu klingen. So wie ein Anwalt, der den Zeugen der Gegenseite verhört. Einen Zeugen, der mehr weiß, als er sagt.

Birte öffnete den Mund, als Ira plötzlich nach hinten kippte und mit der Rückenlehne ihres Stuhles so hart auf den Boden schlug, dass ihr die Luft wegblieb. Klara, die Iras Stuhl mit einem Fußtritt nach hinten befördert hatte, stellte einen Fuß auf ihren Bauch.

»Du hörst auf mit der Schnüffelei und bleibst schön auf deiner neuen Schule, klar?! Sonst mache ich dich fertig!«

Klara setzte sich auf sie.

»Übrigens schönes Teil, das du da anhast.«

Sie öffnete den obersten Knopf von Iras roter Bluse. Ira sah erschrocken die anderen Mädels an. Birte weinte stumm. Franziska schaute weg.

Klara fingerte an ihrem zweiten Knopf herum.

»Ich habe alles, was ich weiß, in einen Brief geschrieben und ihn an einen Freund geschickt«, keuchte Ira. Sie konnte kaum atmen, weil Klaras ganzes Gewicht auf ihren Brustkorb drückte. »In dem Brief steht auch, dass ich euch heute treffen wollte. Und warum.«

»Du lügst«, schrie Klara aufgebracht.

»Nein«, antwortete Ira. »Ihr könnt mir nichts mehr tun. Und wenn du nicht redest, Birte«, fuhr sie gnadenlos fort, »frage ich Herrn Jobeke. Nein, ich frage am besten direkt Dr. Zogel.«

Sie sah die Mädchen der Reihe nach an. Allen stand die Angst ins Gesicht geschrieben.

Klara erhob sich augenblicklich von ihr.

Franziska war blass wie ein Stück Papier.

Und Birte begann endlich zu reden.

»Echt fies, dass du von der Schule geflogen bist, Ira. Ich mag dich nicht besonders, aber das wollte ich nicht.«

Ira nickte ruhig, aber ihr Herz pochte. »Dann weißt du, wer der Heftebrenner ist?«

»Ja. Ich hab ihn erwischt. Aus Versehen. Ich sollte 'ne Lateinarbeit nachschreiben, im Büro von Jobeke. Ich war zu früh und hab vergessen anzuklopfen. Bin einfach in Jobekes Zimmer gelatscht. Da stank's voll nach Rauch, obwohl er das Fenster geöffnet hatte. Ich hab den Heftestapel gleich gesehen. Der qualmte tierisch. Ich wollte schnell raus, aber Jobeke hat mich ins Zimmer gezogen.«

»Und dann hat er dir eine bessere Lateinnote angeboten. Damit du nicht sagst, was du gesehen hast.«

Birte nickte.

»Aber warum hat Herr Jobeke die Hefte verbrannt?«

Birte sah Ira an, als habe sie gerade Lateinisch mit ihr geredet.

»Woher soll ich das wissen?«

Ira verließ den Raum ohne ein weiteres Wort.

Wortlos ließen die drei Mädels sie gehen.

Der Heftebrenner

Am Ende kam Freddys Vater doch noch nach Hause. Herr Schulze-Kiefer hatte ihn mit einem einzigen Telefongespräch zurückgeholt. Eigentlich eine Meisterleistung, fand Freddy. Nur war sein Vater schlaff und überhaupt nicht mehr lustig. Er schien sich zu Hause ungefähr so wohl zu fühlen wie ein Fisch an der Angel.

»Ich muss weg«, sagte Freddy zu seinem Vater.

Sein Vater nickte unsicher.

»Was hat Herr Schulze-Kiefer eigentlich am Telefon zu dir gesagt, Papa?«

»Wie meinst du das, gesagt?«

»Na, dass du doch nach Hause gekommen bist.«

»Ach so. Ja, also, er hat gesagt«, begann er und seine Stimmte wackelte dabei wie Wackelpudding, »er hat gesagt, dass du …«

Sein Vater brach mitten im Satz ab.

»Was hat er gesagt? Dass ich was?«

»Dass du psychisch, also hier«, er tippte an seine

Stirn, »krank wirst, wenn ich nicht sofort zurückkomme. Und zwar schwer, richtig schwer.«

»Der hat gesagt, dass ich durchdrehe? Quatsch!« Freddy wollte gar nichts weiter hören.

»Na ja, aber dein Wurm, den nur du sehen kannst«, sagte sein Vater und seine Stimme wackelte noch heftiger, »der ist doch noch da, oder? Herr Schulze-Kiefer denkt, er sitzt auf deiner Schulter, weil ich nicht da bin. War. Na ja, jetzt bin ich ja da.«

»Ja.« Mehr fiel Freddy nicht dazu ein. Sein Vater sagte auch nichts mehr und sah Freddy bloß unglücklich an. Sollte er ihn jetzt auch noch trösten?

Himmelarschbescheuert der Typ, dachte Freddy. Am allerbescheuertsten war aber, dass er seine Mutter noch immer nicht im Krankenhaus besucht hatte.

Freddy griff nach seiner Jacke. Er wollte bloß weg hier.

»Wohin willst du?«, wollte sein Vater wissen.

»Weg«, antwortete Freddy knapp.

»Ich dachte, wir gehen gleich zu deiner Mutter.«

»Geh doch allein. Ich war heute schon zweimal da.«

»Na ja«, stammelte sein Vater, »dann tschüss, mein Kleiner.«

Kleiner! Freddy donnerte die Tür so laut hinter sich zu, dass sogar die Sparbirne zusammenzuckte. »Gut, dass du mich hast, Freddy«, kicherte der Wurm. »Dein Vater ist ein richtiges Weichei.«

»Klappe!« Wenn jemand so etwas über seinen Vater sagen durfte, dann nur er, Freddy. Die Sparbirne zog ihn bloß noch runter, launemäßig. Freddy versuchte, den Wurm mal wieder von seiner Schulter zu ziehen. Er packte ihn zwischen der zweiten und dritten Kugel und ruckte daran.

»Autsch! Spinnst du?!«, kreischte der Wurm und schlängelte sich eng um seinen Hals.

»Weg da!« Freddy bekam kaum Luft.

»So schnell wirst du mich nicht los!«

Die Sparbirne blieb, wo sie war.

Draußen las Freddy noch einmal Iras Brief, der mit der Post gekommen war. »Bewahr den Brief als Beweismittel auf. Ich bin bei Birte Kröger. Sie hat vielleicht etwas mit den verbrannten Heften zu tun, aber sicher ist es nicht, denn in dubio pro reo.« In dubio pro reo kapierte Freddy nicht, aber Birte Kröger sagte ihm etwas. Birte gehörte zu den drei Mädels, überlegte Freddy, während er versuchte, die Wurmkugeln um seinen Hals zu lockern. Ira hatte dicke Eier, wie seine Kumpels sagen würden. Natürlich hatte sie keine, aber eben nur, weil sie ein Mädchen war. Allerdings kannte Freddy keinen Jungen, der die drei Mädels freiwillig aufgesucht hätte. Die Anführerin war Kickboxerin und konnte einem sicher die Schultern oder sonst was zerschmettern. Er musste Ira finden, und zwar pronto.

Freddy rief Ira auf ihrem Handy an, obwohl er ahnte, dass es sinnlos war. Die Anführerin würde drangehen und ihm eiskalt erzählen, dass Iras Schulter hin war.

»Sie hat ja zwei«, versuchte der Wurm ihn zu beruhigen. Er konnte seit Neuestem Gedanken lesen. Oder eben auch nicht. Freddy war sich mittlerweile zu 99,9 Prozent sicher, dass es die Sparbirne gar nicht gab.

»Hallo?«, hörte er eine muffige Stimme.

»Ira? Ira! Ich rette dich!«, brüllte Freddy.

»Gut«, antwortete Ira, »ich sitze vor der Schule.«

Freddy sprintete los. Dann fiel ihm auf, dass Ira ja selbst an ihr Handy gegangen war. Und sie hatte geklungen, als seien ihre beiden Schultern noch ganz.

Freddy wurde rot und ging langsamer.

»Warum wirst du rot?«, fragte die Sparbirne, die wegen Ira schon seit Längerem nicht mehr rot wurde.

Freddy wusste es selbst nicht so genau.

Auf dem Parkplatz der Schule standen noch ein paar Lehrerautos, aber die Schüler waren schon alle weg. Nur ein Mädchen in knallroter Bluse wartete auf der Treppe. Freddy brauchte einen Moment, bis er

schnallte, dass da Ira saß. Wie es aussah, hatte sie furchtbar miese Laune.

»Jobeke ist der Heftebrenner«, brummte sie.

»Was?!«

»Birte hat ihn erwischt, als er es getan hat. Danach

hat er ihr eine bessere Note in Latein gegeben. Damit sie den Mund hält.«

Verarschte Ira ihn? Jobeke sollte der Heftebrenner sein? Das Frettchen verteilte doch schon Tadel, wenn man nur ein Furzkissen mit in die Schule brachte!

»Und das hat Birte dir gesagt?«

»Ja. Blieb ihr nichts anderes übrig.«

»Okay, dann … sagen wir alles sofort dem Zogel!« Er fand, sie müssten jetzt endlich Nägel mit Köpfen machen. Doch Ira blieb sitzen.

»Wir haben keine Beweise.«

»Ja, aber, ich dachte Birte …«

»Die sagt nichts mehr. Ich denke, sie hat Jobeke sogar schon gewarnt. Auf jeden Fall ist ihre Lateinnote wieder geändert. Von zwei auf sechs. Ich war gerade heimlich am Computer von Frau Ramirez-Losado.«

»Ja, aber … wie hast du sie vom Computer weggelockt?«, wollte Freddy erstaunt wissen.

»Ich hab sie angerufen und gesagt, dass sich ein paar Große auf dem Parkplatz ihr Auto vorgenommen hätten«, antwortete Ira verlegen. »Bisschen fies, ich weiß.«

Bisschen brillant, dachte Freddy.

»Wir müssen los.« Ira sprang auf. »Wir haben doch jetzt Therapie. Vergessen?«

Er hatte es vergessen. Freddy und Ira flitzten los.

»Ihr habt also keine Beweise, dass dieser Jobeke der Heftebrenner ist.« Herr Schulze-Kiefer spielte kurz mit der Erdbeere in seinen Händen und legte sie weg. »Gut. Dann müsst ihr eben einen neuen Beweis finden. Mal was anderes«, wechselte er das Thema, »dein Vater hat mich eben angerufen, Freddy. Er ist jetzt bei deiner Mutter im Krankenhaus.«

Freddy schielte zu Ira hinüber. Sie kapierte wohl gerade, warum er sich aus der Heftebrennersache ausgeklinkt hatte. Auf jeden Fall lächelte sie ihn traurig an.

»Wie fühlst du dich, seit dein Vater zurück ist?«, wollte Herr Schulze-Kiefer von ihm wissen.

»Wird das jetzt 'n Problemgespräch?«, stöhnte Freddy.

»Ja.«

»Der lässt mich hängen. Was soll's. Kennen Sie den Spruch ›Was einen nicht weich klopft, macht einen härter‹?«

Er verschränkte die Arme vor der Brust und grinste. Keiner grinste zurück. Im Gegenteil. Ira sah ihn mitleidig an.

»Armer Freddy. Jetzt ist dein Vater zurück, und du bist immer noch ganz allein.« Sie streichelte seine Hand.

Oje, flüsterte der Wurm.

Oje, dachte Freddy.

Er fühlte ihn kommen, den peinlichsten Heulsusenkrampf aller Zeiten. Er saß schon in seiner Kehle, der dicke Heulsusenkloß, der bald aus seinen Augen explodieren würde.

Um nicht loszuflennen, schnappte sich Freddy einen Riesenbagger, mit dem wohl sonst kleine Therapiekinder spielten, und zerdonnerte ihn an der Wand. Weil niemand eingriff, sprang er auf einem mit Segelbooten bedruckten Pappkoffer herum, bis er komplett zerbeult war. Danach riss er ein Legoboot auseinander. Erst als er einer Stoffgiraffe den Kopf abreißen wollte, unternahm Herr Schulze-Kiefer etwas. Er umarmte Freddy von hinten und redete ruhig und mit leiser Stimme auf ihn ein.

Freddys Kopf fühlte sich an wie der zerbeulte Kinderkoffer mit den Segelbooten. Trotzdem verstand er, dass sein Vater schon lange von der Krankheit seiner Mutter gewusst hatte. Aber er hatte nicht gewusst, was er dagegen machen sollte. Deswegen war er nicht nach Hause gekommen. Und weil er nicht nach Hause gekommen war, hatte er sich wie der hinterletzte Fiesling der Welt gefühlt und war erst recht nicht nach Hause gekommen. Jetzt müsse sein Vater erst mal lernen, wieder für Freddy und seine Mutter da zu sein. Dass er sie heute besucht hatte, sei ein guter

Walfang, hörte Freddy mit seinem zerbeulten Kopf den Therapeuten sagen. Vermutlich hatte er aber ›Anfang‹ gesagt.

Das Wort Anfang beruhigte Freddy kolossal. So kolossal, dass er wieder über den Heftebrenner nachdenken konnte.

»Jobeke hat das mit der Heftebrennerlösung bestimmt schon mal geübt«, unterbrach er Herrn Schulze-Kiefer.

»Ja, so wie wir!« Ira war Feuer und Flamme. »Erst ich mit dem Streichholz und dann wir beide mit der Lösung!«

»Genau! Wenn wir angebrannte Hefte bei ihm finden, Ira …«

»Dann haben wir ihn!«

Ira sprang auf und strahlte den Therapeuten an.

»So hab ich dich ja noch nie lachen sehen«, freute sich Herr Schulze-Kiefer.

Ira lächelte schüchtern und fragte dann aufgeregt: »Können Sie uns bitte die Adresse von Herrn Jobeke besorgen?«

»Ich schau mal im Netz nach. Die Therapiestunde ist heute wohl mal wieder früher beendet.«

Er tippte seufzend etwas auf seiner Tastatur ein und schrieb ihnen die Adresse des Lehrers auf einen Zettel.

»Wenn's brenzlig wird, ruft ihr mich an. Klar?«

»Klar. Tschüss«, sagten beide gleichzeitig und stürmten zur Tür.

Freddy drehte sich dabei noch einmal zu Herrn Schulze-Kiefer um. Ihm fiel auf, dass er dünner geworden war.

Im Hof des Mietshauses, in dem Jobeke wohnte, wühlten sie alle Mülleimer durch. Nirgends war auch nur ein leicht angekohltes Fitzelchen Papier zu entdecken. Dafür stanken Ira und Freddy nach vergammeltem Gemüse.

»So einer wie der Jobeke trennt bestimmt seinen Müll«, vermutete Freddy. »Ich seh hier bloß kein Altpapier.«

»Manche Leute bewahren ihr Papier im Keller auf«, überlegte Ira. »Weil es nur einmal im Monat abgeholt wird.«

»Schlaumeierin«, lästerte der Wurm.

Freddy überlegte ›Klappe halten‹ zu rufen, aber er wollte vor Ira nicht mehr mit dem Wurm reden. Sie mochte das nicht.

Blöderweise war die Tür zum Kellergeschoss zu.

»Wir machen auf Kleinkinder«, schlug Freddy vor.

Er klingelte beim Erdgeschoss links.

»Unser Ball ist durchs Kellerfenster geflogen«, sagte er.

»Ich guck fern, Knalltüte!«, brüllte eine Frau im Bademantel und donnerte die Tür zu.

Das Erdgeschoss rechts war netter. »Soll ich mitkommen?«, fragte ein Mann in Bauarbeiterkluft.

»Nein«, antwortete Ira brav, »bemühen Sie sich bitte nicht. Der Schlüssel reicht völlig.«

Schon waren sie drin im Keller.

Die einzelnen Kabuffs waren mit Namen beschriftet.

›Jobeke‹, stand am zweiten Kabuff. Durch die Holzplanken entdeckten er und Ira einen Karton voller Zeitungen, Prospekte und einzelner Blätter. Jobekes Altpapier.

Freddy griff mit einem Arm durch einen der Holzschlitze und zog den Karton zu sich heran. Er fischte das Papierzeugs heraus. Ira sah sich jedes Blatt genau an und schüttelte die Zeitungen und Zeitschriften aus. Nichts davon war angebrannt. Da segelte ein weißes Blatt, das mit einem Zauberhut bedruckt war, aus einem Prospekt für Fischfutter.

»Rechnung über 2 mal 50 Milliliter Magisches Feuerwasser, HNO_3, Dioxidohydroxidostickstoff«, las Ira. »HNO_3!« Iras Augen wurden groß wie die dicksten Erdbeeren von Herrn Schulze-Kiefer. »Die Heftebrennerlösung! Er hat sie bestellt!«

Freddy schnappte ihr das Blatt aus der Hand. Bald hatten sie das Frettchen, das war mal klar.

»Abraxkadabrax, Zauberbedarf aller Art … Damit wollte er bestimmt einen Dicken in unserer Magie-AG machen. Übrigens ganz schön teuer, das Zeug.«

»Diese Rechnung ist der Beweis, dass Jobeke der Heftebrenner ist! Oh nein. Nein«, flüsterte Ira erschrocken.

Frettchen Jobeke.

Mit einem Joghurtbecher in der Hand stolzierte er auf sie zu.

»Ich habe euch vom Fenster aus an den Mülleimern gesehen.« Er reckte seinen langen Hals. »Da ist mir eingefallen: Ich habe ja noch etwas für den gelben Sack! Und das hier«, er riss Ira die Rechnung über die Heftebrennerlösung aus der Hand und zerriss sie blitzschnell, »gehört ins Altpapier, glaube ich. Ach, wollen wir nicht so streng sein.«

Er öffnete mit seinem Schlüssel das Vorhängeschloss und hakte es an der Kellertür ein, wobei er den Schlüssel am Schloss stecken ließ. Drinnen im Kabuff ließ Jobeke den Joghurtbecher und die Papierfetzen im gelben Sack verschwinden und schnürte ihn fest zu.

»Weg ist weg. Der Sack wird heute abgeholt, wisst ihr?«

Er grinste so breit über sein rundes Gesicht, dass Freddy übel wurde. Das Frettchen lächelte sonst nie.

»Sie geben es also zu: Sie sind der Heftebrenner! Sie haben mir die Hefte in den Rucksack gepackt!«, schrie Freddy.

»Ich brauchte doch einen Schuldigen. Und jetzt habe ich eben eine Schuldige, was, Ira?« Jobeke griente Ira fies an.

Iras Augen wurden schmal, noch schmaler als sonst.

»Bloß weil ich die Hefte gefunden habe, bin ich auf der schlechtesten Schule der Stadt gelandet.« Iras Stimme klang so scharf, als wollte sie die Luft damit schneiden. »Keiner redet mit mir, weil ich Einsen schreibe. Die Lehrer brüllen die Hälfte der Stunde. Und ich kann keine Anwältin oder Richterin werden, wenn ich nicht zurück aufs Gymnasium darf!«

»Mag sein, aber dafür bin und bleibe ich stellvertretender Schuldirektor.«

Ira schwieg, aber ihr Mund zitterte vor Wut. Das Zittern machte Freddy stinksauer. Stinksauer auf das noch immer grinsende Frettchen, das Ira zum Schweigen brachte, obwohl sie Eier genug für drei Mädels hatte.

Er stieß Jobeke, der halb in der Tür stand, ins Kabuff, wobei er blöderweise mit hineinstolperte, weil Jobeke ihn mit sich zog.

»Das Schloss!«, schrie Freddy Ira zu. »Schnell, mach es zu!«

Ira ließ das Vorhängeschloss zuschnappen, zog Jobekes Schlüsselbund ab und umklammerte ihn mit zitternden Händen.

»Aufmachen!«, brüllte das Frettchen. »Sofort, sonst …«

Seine Hand krallte sich in Freddys T-Shirt.

Ira wollte sofort gehorchen.

»Nein!«, rief Freddy. »Nicht! Such die Lösung. Vielleicht hat er sie noch irgendwo in seiner Wohnung!« Wie es aussah, hatte Jobeke das wirklich, denn der Lehrer wurde plötzlich ganz panisch und schüttelte Freddy so heftig, dass sein Kopf von vorn nach hinten schlenkerte.

»Ich mach auf!«, schrie Ira ängstlich und suchte nach dem richtigen Schlüssel am Bund.

»Nein!« Freddy musste etwas tun. So fest er konnte, trat er Jobeke in seinen nicht gelben Sack.

»AAAAAAAHHHHHHHHHHH!«

Das Frettchen ging in die Knie und hielt sich seinen Nichtgelben. Freddy sah sich im Keller um. Er entdeckte einen alten Farbeimer, öffnete ihn und schüttete den Rest darin dem Lehrer über den Kopf. Dann schnappte er sich ein Verlängerungskabel und fesselte damit Jobekes Beine.

»Such die Fläschchen!«, rief er Ira zu. »MACH SCHON!!!«

Ira lief aus dem Keller, während das Frettchen begann, mit seinen Händen die Farbe aus seinem Gesicht zu wischen. Zuerst befreite er seine Glubschaugen.

Sie waren feuerrot vor Wut.

Ausgetrickst

Sie hoffte inständig, dass Herr Jobeke allein wohnte.

Ira betrat seine Wohnung, die im dritten Stock lag. Auf Zehenspitzen schlich sie durch den Wohnungsflur und sah als Erstes in das Schlafzimmer des mutmaßlichen Täters.

Darin stand ein Bett aus Eisen, das Ira an eine Gefängnispritsche erinnerte. Vielleicht wollte Herr Jobeke sich mit diesem Bett schon mal an die Zeit hinter Gittern gewöhnen, überlegte Ira bitter.

Vorsichtig öffnete sie die Badezimmertür. In dem kleinen, weißen Bad stank es nach künstlichem Zitronenduft und die Kacheln blitzten vor Sauberkeit. Genau wie gegenüber die Küche mit dem kleinen Bistrotisch, an dem lediglich ein Stuhl stand.

Ira atmete auf. Herr Jobeke lebte allein.

Schon mutiger marschierte sie in das Zimmer am Ende des Flurs. Sie musste sich beeilen. Lange konnte Freddy den Lehrer sicher nicht in Schach halten.

Das Wohnzimmer bestand hauptsächlich aus Regalen, die vor lauter Büchern ganz wackelig schienen.

Mittendrin plätscherte es leise: Auf einem Regalboden stand ein kleines Aquarium mit einem einzigen Fisch darin, einem blauen Kampffisch. Ira kannte die Sorte. Kampffische konnten nicht mit anderen Fischen ihrer Art leben. Trotzdem waren sie sicher nicht gern allein.

Gehetzt sah Ira sich weiter um. Viel Zeit blieb ihr nicht mehr. Ihr fiel der große Schreibtisch mit den vielen Schubladen auf. Vielleicht fand sie die Heftebrennerlösung dort.

Auf dem Schreibtisch lagen unzählige Stundenpläne und Tabellen mit Lehrernamen, Klassen, Raumnummern und Uhrzeiten. Sie öffnete die oberste Schublade mit Stiften und Radiergummis in allen Größen und Formen.

In der zweiten entdeckte sie maschinengeschriebene Briefe von der Bank oder auch von Versicherungen, aber keine weitere Rechnung von Abraxkadabrax, dem Händler für Zauberbedarf.

Ira schob die dritte Schublade auf. Sie enthielt ein kleines, braunes Fläschchen. Die Heftebrennerlösung, ohne Zweifel. Sie war lichtempfindlich und musste es dunkel haben. Das Etikett auf der Flasche darauf war nicht mehr zu entziffern. Es war versengt worden, vermutlich von ein paar Tropfen der ätzenden Lösung.

Ira schraubte den Deckel des Fläschchens ab und schnüffelte vorsichtig daran. Es roch nach nichts, obwohl die Lösung eigentlich einen sehr scharfen Geruch besaß. Sie drehte das Fläschchen über einem weißen Blatt Papier auf den Kopf. Es war leer.

Rein rechtlich bewies ihr Fund gar nichts.

Aber Herr Jobeke hatte bei Abraxkadabrax zwei Flaschen bestellt. Wo war die andere? Hatte er sie vorsorglich versteckt, als er sie und Freddy im Hof bei den Mülleimern entdeckt hatte?

Ira durchsuchte das Wohnzimmer, sah unter eine Kommode, einen Teppich, in eine leere Blumenvase. Im Schlafzimmer öffnete sie seine Nachttischschublade, im Bad inspizierte sie die Waschmaschine und, weil sie es in einem Krimi gesehen hatte, den Spülstein des Klos.

Nichts.

Ira überlegte, welche Form das Fläschchen hatte. Diese Überlegung führte sie zu einer kleinen Tupperdose in der Küche, zu einer Küchenpapierrolle und zu einem fast leeren Marmeladenglas im Kühlschrank.

Nichts.

Sie dachte schärfer nach. Das Plätschern des Aquariums drang zu ihr herüber. Sie lief zurück ins Wohnzimmer und sah sich das Reich des blauen Kampffisches genauer an. Hinter einer kleinen plätschernden Maschine entdeckte sie etwas Dunkles, Glattes. Ira öffnete den Deckel des Aquariums und fischte ein anderes braunes Fläschchen heraus. Der Kampffisch sah ihr aus sicherer Entfernung zu.

Dieses Fläschchen war noch voll. Ira öffnete es und sofort reizte ein scharfer Geruch ihre Nase: Die Heftebrennerlösung, eindeutig! Eilig schraubte sie die Flasche wieder zu. Sie spürte, wie ihre Wangen heiß wurden. Mit einem Mal besaß sie einen schlagkräftigen Beweis! Und er war doppelt schlagkräftig. Das Gefäß enthielt nicht nur die Heftebrennerlösung. Auf ihm klebte auf einem wohl wasserfesten Aufkleber und noch gut lesbar der Name des Bestellers: ›Magisches Feuerwasser (HNO_3), W. Jobeke, Kunden.-Nr: 327591‹.

Endlich hatte sie, was sie brauchte. Ira wollte Jobekes Wohnung so schnell wie möglich verlassen, als sie plötzlich Schritte hörte. Hatte Jobeke sich befreien können? Vielleicht hatte er einen Zweitschlüssel und würde gleich in der Wohnung stehen. Das Fläschchen mit der Heftebrennerlösung würde er ihr dann natürlich sofort abnehmen.

Aber sie war ja nicht dumm. Im Gegenteil.

Ira nahm die leere Flasche, lief damit in die Küche und ließ es mit Wasser vollaufen, während sie zeitgleich das Fläschchen mit der Heftebrennerlösung in ihrer Rocktasche versteckte.

Die Schritte näherten sich. Ira drehte den Wasserhahn zu, verschloss das Fläschchen und lief zur Tür. Sie atmete tief durch und öffnete. Da stand der Lehrer vor ihr, mit weißem Kopf und blutroter Nase: Freddy hatte sich offensichtlich gewehrt. Ira versuchte, an ihm vorbeizukommen, aber Jobeke drängte sie in den Flur zurück, schloss die Tür und funkelte sie wortlos an.

»Wo ist Freddy?« Ira versuchte, seinem gemeinen Blick standzuhalten. Aber der Lehrer sah, ohne zu antworten, nach unten, auf das Fläschchen in ihrer Hand. Ira krallte ihre Finger um das braune Glas. Wortlos nahm Jobeke ihre Finger und bog sie nach außen, als wären sie aus Gummi.

»Aua!«

Schon hatte Herr Jobeke das Fläschchen in der Hand und warf einen kurzen, prüfenden Blick darauf: Es war bis zum Rand gefüllt, mit Wasser, aber das wusste er natürlich nicht.

»Nein!« Ira versuchte, möglichst verzweifelt zu klingen. »Geben Sie es mir zurück!«

Der Lehrer eilte zum Küchenfenster, öffnete es und warf das Fläschchen hinaus. Ira hörte das Glas leise zerspringen, dann kam Jobeke in den Flur zurück.

»Und wie schon bei der Rechnung: Weg ist weg!«

Er lachte höhnisch. Ira verabscheute diesen Mann aus vollem Herzen.

Der Beweis in ihrer Rocktasche reichte ihr nicht mehr. Sie wollte wissen, warum Jobeke es getan hatte.

Jetzt oder nie.

»Wenn ich schon für immer und ewig die Heftebrennerin bleibe, dann sagen Sie mir wenigstens eines«, begann sie. »Warum haben Sie die Klassenarbeiten verbrannt?«

»Oh«, antwortete Jobeke beiläufig, »das war bloß ein kleiner Unfall. Eine dumme Sache.« Er holte tief Luft. Offensichtlich wollte er die Geschichte gern erzählen.

»Ich sollte für Direktor Zogel alle neu geschriebenen Klassenarbeiten einsammeln. Du musst wissen, er macht ab und zu Stichproben, um zu sehen, ob die Lehrer auch sorgfältig und gerecht korrigieren. Nun ja, ich hatte also all diese Hefte zu einem großen Turm gestapelt. So hoch etwa.«

Jobeke zeigte bis zu seinem Rumpf.

»Ich wollte noch für meine Magie-AG proben und testen, wie gut dieses Magische Feuerwasser wirklich ist. Dummerweise rutschte mir das Fläschchen beim Öffnen aus den Händen und flog auf den Heftestapel. Ein paar Tropfen reichten. Das Feuerwasser brannte ein Loch nach dem anderen in die Hefte. Eine tolle Sache, dieses Gemisch!« Er lachte kurz auf. »Aber es roch. Und der Rauch! Ich öffnete schnell das Fenster, aber da kam schon …«

»… Birte Kröger herein, um ihre Lateinarbeit nachzuschreiben.«

Jobeke nickte. »Ich konnte sie überzeugen, zu schweigen. Und glaub mir, das wird sie auch weiterhin.«

»Vielleicht nicht«, setzte Ira ihm entgegen. »Sie haben ihr doch wieder eine Sechs in Latein gegeben.«

»Ja. Aber ich habe Birte klargemacht, dass sie genau wie du von der Schule fliegen wird, wenn sie einen Ton sagt.«

Seine Lippen formten sich zu einem widerlichen Grinsen. Es ergab keinen Sinn, weiter mit diesem Fiesling zu reden. »Dürfte ich Ihre Toilette benutzen?«, fragte Ira stattdessen.

Herr Jobeke machte ein abfällige Geste, die wohl Ja bedeuten sollte. »Und danach verschwindest du.«

Iras Hand rutschte unwillkürlich zu dem Fläschchen in ihrer Rocktasche. Es war noch da. Unglücklicherweise bemerkte Jobeke ihre Handbewegung. Er sah auf ihren Rock, die ausgebeulte Tasche und begriff sofort.

»Du hast die andere Flasche gefunden«, zischte er.

Ira stürzte in das streng nach Zitrone riechende Bad und schloss hinter sich ab.

Jetzt hieß es das Beweismittel sichern.

»Mach auf«, schrie der Lehrer und schlug mit der Faust wie wild gegen die Tür. »Gib mir sofort die Flasche!«

Ira beschloss, das Fläschchen ebenfalls aus dem Fenster zu werfen. Aber so, dass es überlebte. Eilig schob sie die Heftebrennerlösung in eine Klopapierrolle.

»Ich trete die Tür ein!«

Ira umwickelte die Rolle mit einem braun-beige gestreiften Handtuch und verschnürte es mit dem braunen Gürtel von Herrn Jobekes Bademantel.

Sie versuchte, das Fenster zu öffnen. Es klemmte.

Ein lauter Knall ließ Ira zusammenzucken. Herr Jobeke trat von draußen gegen die Tür.

Ira ruckelte mit aller Kraft am Fenstergriff. Es ließ und ließ sich nicht öffnen. Sie ruckelte weiter und hörte dabei, wie Herr Jobeke sich jetzt mit voller Wucht gegen die Tür warf. Die Tür hielt. Aber wie lange noch?

Ira riss mit aller Kraft am Fenstergriff. Endlich sprang das Fenster auf, sodass sie das Handtuchknäuel mit der Heftebrennerlösung hinauswerfen konnte.

Im selben Augenblick krachte das Schloss und Jobeke stand mit flackernden Augen im Bad. Er sprang an ihr vorbei zum geöffneten Fenster und entdeckte sofort, dass Ira die Lösung in einem seiner Handtücher hinausbefördert hatte.

»Ich hol mir das Feuerwasser zurück. Und du bleibst so lange hier.«

Hasserfüllt drehte er sich zu Ira um und lief hinaus. Sie hörte, wie er die Wohnungstür abschloss.

Ira rührte sich nicht. Sie dachte auch nichts. Sie hatte nur Angst. Nach einer halben Ewigkeit schaffte sie es endlich, ihr Handy aus ihrer anderen Rocktasche zu ziehen. Mit zitternden Händen rief sie die Polizei an, verwählte sich aber beim ersten Versuch dabei.

Besser als jeder Wurm

»Mann, ich krieg keine Luft mehr!«

»Aber ich hab Angst!«

»So kann ich nicht denken!«

»Du und denken?!«

Das reichte.

Freddy zog mit aller Kraft an den Kugeln der Sparbirne, die sich eng um seinen Hals gewickelt hatte.

»Mach dich locker! Oder wir kommen hier nie raus.«

Der Wurm seufzte, was so viel wie »Okay, du Blödi« bedeutete. Er löste sich von Freddys Hals und setzte sich wieder locker auf seine Schulter.

Besser, viel besser.

Jetzt musste ihm nur noch schnell etwas Geniales einfallen.

Er saß in einem Schrank und der war zugesperrt. Freddy kam nicht heraus, da konnte er noch so beinhart mit seinem Fuß gegen die Tür treten. Der Schrank war kein Billigteil aus Spanplatten, sondern aus richtigem Holz, Eiche oder Kiefer oder so. Und das Schloss hielt.

»Du hättest dich eben mehr wehren müssen«, stänkerte der Wurm.

Der hatte gut reden.

Jobeke hatte mit gefesselten Füßen und weiß wie eine Mumie Jagd auf ihn gemacht. Erst hüpfend, was keine gute Idee war, denn der Lehrer war nicht gerade schlank. Nach wenigen Hopsern stolperte er über einen kleinen Koffer und knallte mit der Nase gegen die Wand. Danach sah Jobeke aus wie ein Clown, weil seine Nase ganz rot und geschwollen war. Witziger wurde er dadurch nicht. Im Gegenteil.

»Du kleiner Mistkäfer!«

Jobeke versuchte, das Kabel von seinen Beinen zu zerren. Freddy nutzte die Angriffspause, um einen Schutzwall aus vollgepackten Umzugskartons zu bauen. Von dort aus wollte er Kerzenständer und was er sonst noch in den Kartons fand auf Jobeke abfeuern. Und zwar so lange, bis Ira die Heftebrennerlösung gefunden und Hilfe geholt hätte.

Doch das Frettchen machte keine Anstalten, sich auf Freddy zu stürzen. Stattdessen räumte er selber ein paar Umzugskartons herum. Freddy fragte sich, ob sie beide jetzt einen Wettkampf in Umzugskartonstapeln machten. Bis er kapierte, dass Jobeke bloß einen Schrank freiräumen wollte.

In dem Schrank waren super Wurfgeschosse drin, wie Freddy neidisch bemerkte. Dicke Tassen, Töpfe, Telleruntersetzer, die sicher eins a flogen. Jobeke schien nicht an dem Kram zu hängen. Er schaufelte alles heraus, egal ob es auf dem Boden zersprang oder nicht. Als der Schrank fast leer war, drehte das Frettchen sich zu Freddy um, der sofort reagierte und ein altes Telefon auf ihn feuerte. Jobeke sprang zur Seite, schnappte sich schnell ein Metallregal und hielt es mit einer Hand wie einen Schutzschild vor sich. Mit der anderen räumte er die von Freddy gestapelten Umzugskartons zur Seite und versuchte schließlich, ihn zu packen.

Freddy wich ihm aus, so gut er konnte.

»Vorsicht!«, warnte ihn der Wurm.

Es war zu spät. Jobeke hatte nach einem Seil gegriffen und es um Freddys Oberkörper geworfen. Freddy konnte seine Arme nicht mehr bewegen. Jobeke verknotete das Seil fest hinter seinem Rücken. Freddy strampelte wie wild, aber das Frettchen wuchtete ihn wie einen Mehlsack über seine Schulter und stapfte zum Schrank. Er warf ihn hinein und verbarrikadierte die Türen. Von dem Seil hatte sich Freddy schnell befreit und dabei gehört, wie das Frettchen mit einer

Axt die Tür des Kabuffs zertrümmerte. Sicher war er längst in seiner Wohnung und bei Ira. Das war übel. Richtig übel.

Freddy musste sofort zu ihr! Er tastete im Dunkeln um sich. Vielleicht fand er etwas, womit er die Tür von innen öffnen konnte.

»Betatschst du mich?«, quietschte der Wurm.

Freddy tastete weiter. Ein heißer Schmerz fuhr durch seinen Daumen. Dann wurde seine Hand nass. Er hatte sich geschnitten. Es tat weh, so weh, dass ihm Tränen in die Augen schossen.

Richtig geheult hatte er zuletzt, als sein Vater ihm gesagt hatte, dass er für ein paar Monate nach Australien müsse. Seine Mutter war damals schon komplett daneben gewesen, auch wenn sie den Müll noch hinuntergebracht hatte und manchmal, an besseren Tagen, sogar zum Bäcker gegangen war.

»Das ist ganz gut, wenn deine Mutter ein bisschen auf sich allein gestellt ist«, hatte sein Vater behauptet. »Ist doch alles halb so schlimm. Einkaufen könnt ihr ja zusammen.«

Aber Freddy hatte geahnt, dass es jetzt erst so richtig losgehen würde mit seiner Mutter.

Und es war richtig losgegangen.

Am nächsten Morgen hatte er sie verschwitzt und

weinend im Hausflur gefunden, mit einem vollen Müllbeutel in der Hand. Einer Nachbarin, die vorbeikam, hatte er gesagt, sie habe die Grippe.

Der Bäcker fragte ihn oft: »Wo bleibt deine Mutter?«

»Sie arbeitet viel«, log Freddy dann.

Er musste jetzt immer öfter lügen, obwohl er Lügen hasste.

Jeden Morgen sagte seine Mutter: »Und wenn du heute nicht zur Schule gehst? Ich habe solche Angst allein.«

Er war trotzdem zur Schule gegangen. Es sollte ja keiner mitkriegen, was bei ihm daheim los war.

Einen Arzt durfte er nicht rufen.

»Die schicken mich in die Klapse«, sagte seine Mutter. »Es wird schon alles besser werden, wenn Papa zurückkommt.«

Aber Papa kam nicht zurück. Dafür kam sein Wurm, und zwar in der Nacht, nachdem er seine Mutter im Hausflur gefunden hatte.

Er war nicht mehr allein, das war gut. Aber der Wurm begann, ihn im Unterricht zu stören. Seine Kumpels ließen Freddy wegen der Sparbirne links liegen. Er musste zum Therapeuten. Ira hatte Angst vor ihm gehabt.

Er war ein echter Spinner geworden.

Egal, jetzt gerade hatte er ein anderes Problem: Er musste irgendwie aus diesem Schrank kommen!

Was hatte ihn eigentlich geschnitten? Freddy tastete vorsichtig um sich und fand das kleine, scharfe Messer.

Damit kam er hier raus. Das war mal klar!

Freddy steckte das Messer in den Schlitz zwischen die beiden Schranktüren. Er zog das Messer langsam höher und höher, bis er nicht mehr weiterkam. Er spürte etwas in dem Schlitz, etwas, das sich anfühlte wie eine kleine Stange, die Jobeke wohl hinter die Griffe geklemmt hatte. Freddy versuchte, die Stange mit dem Messer nach oben und zur Seite zu befördern. Es funktionierte nicht. Die Stange war zu schwer. Er führte das Messer noch einmal nach unten und zog es dann mit Vollgas nach oben. Die Stange rutschte hinunter und fiel klirrend zu Boden.

Freddy öffnete sich selbst die Tür.

»Gar nicht so doof.« Der Wurm rückte wieder näher an ihn heran.

»Nicht um den Hals!«, warnte ihn Freddy.

Der Wurm blieb brav, wo er war.

Freddy flüchtete aus dem Schrank, aus Jobekes Kabuff und aus dem ganzen Keller. Erst jetzt wurde ihm klar, was er für einen Riesenschiss gehabt hatte.

Als er den Hof erreichte, latschte er fast auf eine Klopapierrolle, die halb in ein braun-beige gestreiftes Handtuch gewickelt war. Daneben lag ein brauner Frotteegürtel. Das war merkwürdig, aber das Klopapier kam ihm gerade recht. Mit irgendetwas musste er ja das Blut von seiner Hand wischen. Freddy wickelte die ersten Blätter ab und bemerkte dabei, wie schwer die Rolle war. Kein Wunder, denn in der Rolle steckte ein braunes Fläschchen mit der Aufschrift: ›Magisches Feuerwasser (HNO_3), W. Jobeke, Kunden-Nr.: 327591‹.

Ira war die Größte!

Er musste sie augenblicklich von diesem Irren befreien.

Freddy raste mit dem Fläschchen in der Hand in den Hausflur.

»Mist!«

Er war Jobeke direkt in die Arme gelaufen. Ungläubig starrte der Lehrer auf das Fläschchen in Freddys Hand. Freddy drehte sich um und stolperte zurück, doch da schlangen sich die Frettchenarme schon um ihn. Freddy blickte nach hinten, in Jobekes rot-weißes Gesicht, das sich augenblicklich zu einem »Ich bin ja so lieb und nett«-Lächeln verzog.

»Guten Tag«, sagte Jobeke höflich.

»Guten Tag«, antwortete Freddy verwirrt.

Doch Freddy war gar nicht gemeint, sondern sein Vater, der hinter ihnen im Treppenhaus stand.

»Fang!«, rief Freddy aufgeregt und warf seinem Vater das Fläschchen zu. Eine beknackte Idee, wie er sofort dachte, wenn es kaputtging, war alles verloren. Doch sein Vater fing die Flasche sicher auf.

»Was ist mit deiner Hand?«, fragte er. Bevor Freddy antworten konnte, ließ das Frettchen ihn los.

»Verzeihen Sie vielmals, aber das gehört mir.« Er ging zu Freddys Vater und griff lächelnd nach der Heftebrennerlösung.

»Nicht, Papa!«

Sein Vater warf einen kurzen Blick auf die Flasche und sicherte sie dann hinter seinem Rücken.

»Arbeiten Sie in einer Horrorshow?«, fragte er Jobeke.

»In der Schule«, antwortete das Frettchen.

»Er ist der Stellvertreter von Dr. …«, begann Freddy.

»Weiß ich doch, Freddy. Herr Schulze-Kiefer hat mich angerufen und mir alles erzählt. Ich vermute mal, das hier«, er wedelte mit der Flasche, »ist die Heftebrennerlösung?«

»Sie gehört mir!« Jobeke schnappte nach der Flasche.

»Sie müssen sich schon ein bisschen anstrengen.« Freddys Vater hielt das Fläschchen in die Höhe. Er war viel größer als das Frettchen, das sofort auf und ab hüpfte wie ein Flummi. Dann stoppte Jobeke von einer Sekunde auf die andere und schubste Freddys Vater mit Karacho nach hinten.

»Papa! Alles klar?!«

Sein Vater war der Länge nach hingefallen und mit dem Hinterkopf aufgeknallt. Sein Gesicht verzog sich vor Schmerzen. Die Flasche hatte er losgelassen, aber sie war noch heil.

»Ja, ja.«

Sein Vater robbte zum Fläschchen und schnappte es sich. Das Frettchen stürzte sich mit einem Schrei auf ihn. Freddy warf sich wiederum auf das Frettchen.

»Lass, Kleiner. Das ist mein Job.«

Sein Vater stieß Jobeke von sich, rannte über den Hof und hangelte sich nach einem Riesensprung hoch auf das Holzdach des Mülleimerhäuschens. Sein rot-weißer Verfolger wollte es ihm gleichtun, bekam aber nach dem Sprung das Dach nicht richtig zu fassen. Nach dem zweiten Anlauf knallte er sogar mit seiner ohnehin schon blutenden Nase gegen die Holzwand. Doch Jobeke gab nicht auf: Mit entschlossenem Gesicht rollte das Frettchen eine Mülltonne aus dem Häuschen, um von ihr aus auf das Dach zu gelangen. Doch dazu musste er erst auf die Tonne kommen. Er versuchte es, aber die Tonne kippte sofort um, und der Biomüll landete auf dem Boden. Mühsam richtete der schwer atmende Jobeke sie wieder auf und versuchte es ein zweites und ein drittes Mal. Immer wieder kippte er mit der Tonne um. Von seiner Nase tropfte das Blut und er zitterte vor Erschöpfung.

Sirenen tönten zu ihnen herüber. Ira hatte die Polizei gerufen, war sich Freddy sicher. Jobeke ließ die Tonne fallen.

»Ich geb auf«, keuchte er und ließ sich auf den Boden plumpsen. Er sah aus wie ein trauriger Clown nach einer verpatzten Show.

Eine ältere Polizistin und ein junger Kollege liefen auf den Hof. Sie taten so, als hätten sie schon öfter rotweiße Lehrer und Väter auf Müllhäuschendächern gesehen. Der junge Polizist steckte das Fläschchen, das ihm Freddys Vater hinunterreichte, in eine durchsichtige Tüte. Die beiden Beamten hatten bereits von Ira erfahren, dass Jobeke Schüler bedroht und erpresst hatte. Der Lehrer bestritt nichts, sondern stand taumelnd auf und ließ sich widerstandslos festnehmen.

Bevor der Lehrer weggebracht wurde, besorgte sich der junge Polizist noch seine Hausschlüssel und ging mit Freddy und seinem Vater in Jobekes Wohnung.

»Ira?«, rief Freddy.

»Hier!«

Ira sprang erleichtert aus dem Bad und fiel Freddy in die Arme. Er wollte sie gar nicht mehr loslassen.

»Riechst du immer so gut nach Zitrone?«, fragte er.

»Das ist der Klostein von Jobeke«, kicherte Ira.

Egal. Er wollte sie trotzdem nicht loslassen.

»Dein Vater, oder?« Ira blickte hinter Freddy zu seinem Vater, der mit nach oben gekommen war.

Freddy drehte sich um und nickte. Er fand, sein Vater sah aus wie Supermann persönlich. Er spürte Iras Hände auf seinen Schultern. Nichts anderes. Bloß Iras Hände.

Der Wurm war weg.

Eine Schule ohne Klassenarbeiten

Frau Tieks' Bauch schien fast zu platzen. Genau wie ihr stolzer Lebensgefährte, Herr Jünnemann, der neben ihr saß. Und genau wie Ira, die mit ihren Eltern in der ersten Reihe der Schulaula Platz genommen hatte.

Wo war ihr Freund? Die kleine Nervensäge? Natürlich, Freddy saß mit seinen Eltern neben Ira. Sein Vater hatte einen Arm fest um seine Frau geschlungen. Wie glücklich diese erste Reihe aussah, wie sie strahlte! Vielleicht lag die allgemeine Heiterkeit allerdings auch an dem flinken Papierflugzeug, das Freddy über die Köpfe der Aulabesucher sausen ließ. Ira rollte lächelnd die Augen. Sie trug eine rot-weiß-karierte Jungenjacke, die ihr wohl ihr kleiner Freund zur Verfügung gestellt hatte. Es war tatsächlich etwas frisch in der Aula.

Nun gut, versuchte Dr. Zogel sich zu konzentrieren. Er brachte das Mikrofon annähernd auf die Höhe seiner Nasenspitze und räusperte sich leise.

Das war dieses Schuljahr gewesen.

Sein Stellvertreter befand sich im Gefängnis, und zwar wegen Freiheitsberaubung, Sachbeschädigung und Erpressung.

Sein Referendar, den alle nur Svennie nannten, hatte gekündigt und wollte in die Forschung gehen.

Die Lehrer und Lehrerinnen hatten nach wie vor nicht alle nachgeschriebenen Klassenarbeiten korrigiert.

Aber das war nicht alles. Alle drei bis fünf Minuten rief ein Vater oder eine Mutter bei ihm an und beschwerte sich über den chaotischen Zustand an seiner Schule. Tatsächlich war ein normaler Unterricht nicht mehr möglich. Die Schülerinnen und Schüler hatten nichts anderes im Kopf, als über den Heftebrenner zu reden. Und über Freddy und Ira, ihre Helden. Nun gut, die beiden waren wirklich Helden.

Es gab nur eine Lösung.

Dr. Zogel räusperte sich noch einmal, diesmal allerdings lauter. Die Besucherinnen und Besucher der Aula verstummten augenblicklich.

»Liebe Schülerinnen und Schüler, liebe Lehrerinnen und Lehrer, liebe Eltern. Nach einem so merkwürdigen Schuljahr gibt es keine andere Lösung: Es wird dieses Jahr keine Zeugnisse geben. Die Lehrerinnen und Lehrer sind davon befreit, die restlichen Klas-

senarbeiten zu korrigieren. Jede Schülerin und jeder Schüler kommt ins nächste Schuljahr beziehungsweise erhält das Abitur, und alle sind glücklich.«

Das Letzte hatte er eigentlich nur denken, aber nicht sagen wollen, aber jetzt war es gesagt.

Es herrschte weiterhin Schweigen in der Aula. Dr. Zogel hörte, wie der kleine Blumenau Ira zuflüsterte:

»Ist das denn rein rechtlich rein?«

»Es ist auf jeden Fall super«, antwortete Ira.

Super schien das Stichwort zu sein. Die ersten Schülerinnen und Schüler johlten los. Ein paar Eltern ließen sich anstecken, sogar jene von Ira, die eigentlich überaus vernünftig wirkten. Freddys Vater war aufgesprungen und schwang seine Lederjacke wie ein Lasso in der Luft, was die erste Reihe köstlich zu amüsieren schien. Schließlich grölte sogar Frau Bokermann, und viele weitere Besucherinnen und Besucher der Aula stimmten mit ein.

Dr. Zogel wusste nicht so recht, was er von all dieser Begeisterung halten sollte. Aber er fühlte, wie seine Mundwinkel zuckten. Er musste lächeln. Dann hüpfte er beziehungsweise hüpften seine dürren Beine einige Male auf und ab.

Nun gut, dachte Dr. Zogel, während ihm wärmer und wärmer wurde, es war ein hartes Jahr gewesen.

Vermutlich war er urlaubsreif.